共读

楚辞 选

宋元绘画插图版

张天漫 / 编

中信出版集团 | 北京

图书在版编目（CIP）数据

楚辞选：宋元绘画插图版 / 张天漫编. -- 北京：中信出版社, 2019.9
（诗画共读）
ISBN 978-7-5217-0778-6

Ⅰ.①楚… Ⅱ.①张… Ⅲ.①古典诗歌—诗集—中国—战国时代 Ⅳ.①I222.3

中国版本图书馆CIP数据核字(2019)第130118号

楚辞选：宋元绘画插图版
诗画共读

编　　者：张天漫
出版发行：中信出版集团股份有限公司
　　　　　（北京市朝阳区惠新东街甲4号富盛大厦2座　邮编　100029）
承　印　者：北京图文天地制版印刷有限公司

开　　本：700mm×1000mm　1/16　　印　张：14　　字　数：35千字
版　　次：2019年9月第1版　　　　　印　次：2019年9月第1次印刷
广告经营许可证：京朝工商广字第8087号
书　　号：ISBN 978-7-5217-0778-6
定　　价：68.00元

版权所有·侵权必究
如有印刷、装订问题，本公司负责调换。
服务热线：400-600-8099
投稿邮箱：author@citicpub.com

编者导读

楚辞，也作"楚词"，是先秦屈原在楚地（今湖南、湖北一带）民歌的基础上创作的具有浓郁楚地特色的一种诗歌样式。其创作手法浪漫，感情奔放，想象丰富，具有不拘体格和散体化的艺术特征。屈原创作的《离骚》是楚辞的代表作品，共373句，是我国古代最长的抒情诗。"楚辞"这种新兴的诗歌形式，后又称为"骚"或"骚体"，与诗经并为中国诗歌史上的两朵奇葩。"诗""骚"并称，代表着先秦时期文学的最高成就。

本书选注楚辞中最具代表性的诗人，屈原和宋玉的作品。收录屈原的作品《离骚》《九歌》《天问》《九章》四篇，宋玉的作品《九辩》一篇。全书注释是在汉代王逸《楚辞章句》和宋代洪兴祖《楚辞补注》的基础上，参考郭沫若、白化文等人的注释和点校而完成的。

屈原，战国时期的楚国人。诗人、政治家。姓芈，与楚王同姓。名平，字原。曾任左徒、三闾大夫，兼管内政外交大事。屈原"博闻强志，明于治乱，娴于辞令"。早年"入则与王议国事，以出号令；出则接遇宾客，应对诸侯"（《史记·屈原列传》），非常得楚王信任和器重。屈原忠贞不阿，"举世皆浊我独清，众人皆醉我独醒"的个性，不被世人所接受。因听信上官大夫等人的谗言，楚王逐渐疏远屈原，后罢黜其职。屈原痛君王被谄媚所蔽，为示清白，怀石自投汨罗江而死。端午节往江中投粽子和赛龙舟的民俗，据说就是为了纪念屈原这位伟大的爱国主义诗人。宋玉，又名子渊。战国时期楚国人，屈原的学生。曾为楚顷襄王小吏。所作辞赋甚多，"悯其师忠而放逐，作《九辩》以述其志"。与景差、唐勒并称，皆师屈原之从容辞令。

屈原的爱国主义精神和楚辞中婉转缠绵的传奇内容，为历代画家的艺术创作提供了素材和想象的空间。如《洛神赋》、《列女传》、《九歌图》（宋代李公麟）、《采薇图》（宋代李唐）、《九歌图》（元代张渥）、《九歌图》、《屈子行吟图》（明代陈洪绶)、《大司命》、《少司命》、《河伯》、《湘君》、《湘夫人》、《云中君》（傅抱石）、《山鬼》（徐悲鸿）、《离骚》（冯远）等等，均是爱国主义精神与诗人自由的想象、文人浪漫的情怀相结合的经典作品。

  宋元绘画是中国绘画的高峰时期，不仅绘画题材、内容、技法达到了历史的最高水平，而且是物境、情境、意境的完美统一阶段。自由清新、抒情浪漫的楚辞与洒脱雅致、刚劲秀逸的宋元绘画，两者从气质上相投，从精神上相合，所以本书以宋元绘画为插图。让宋元的绘画艺术与楚辞的经典篇章一起"高翱翔之翼翼"，"周流观乎上下"。没有神话的艺术，是缺少灵性的艺术。让我们在充满神话色彩、浪漫自由的氛围中，细品这些充满灵性的绘画与诗词艺术。

目 录

离骚	屈原	1		
九歌	屈原	37		
东皇太一		39		
云中君		40		
湘君		42		
湘夫人		46		
大司命		50		
少司命		54		
东君		57		
河伯		60		
山鬼		62		
国殇		67		
礼魂		69		
天问	屈原	73		
九章	屈原	111		
惜诵		113		
涉江		123		
哀郢		128		
抽思		136		
怀沙		144		
思美人		153		
惜往日		160		
橘颂		168		
悲回风		175		
九辩	宋玉	187		

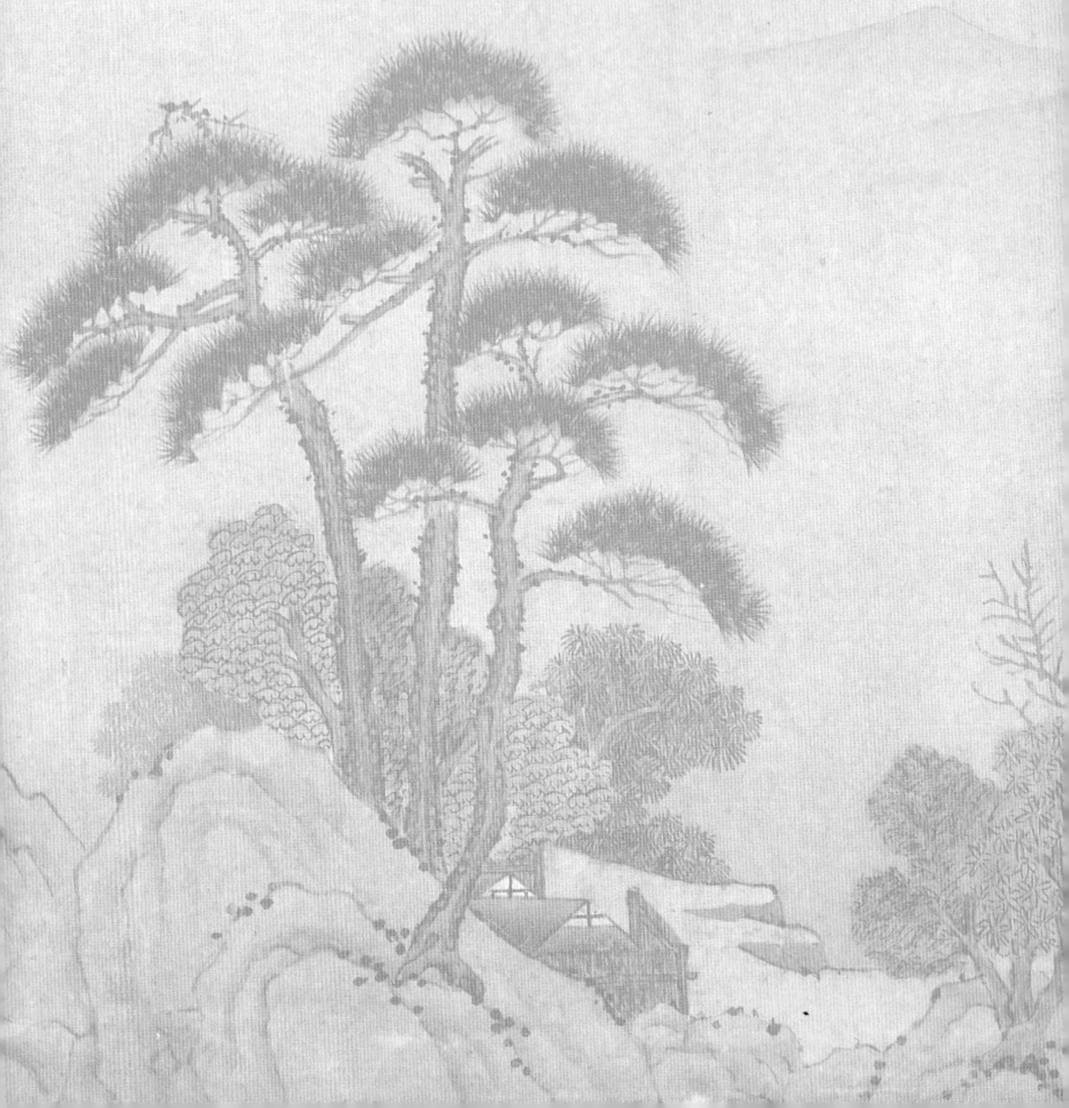

离骚

屈原

《离骚经》者,屈原之所作也。屈原与楚同姓,仕于怀王,为三闾大夫。三闾之职,掌王族三姓,曰昭、屈、景。屈原序其谱属,率其贤良,以厉国士。入则与王图议政事,决定嫌疑;出则监察群下,应对诸侯。谋行职修,王甚珍之。同列大夫上官、靳尚妒害其能,共谮毁之。王乃疏屈原。屈原执履忠贞而被谗邪,忧心烦乱,不知所愬,乃作《离骚经》。离,别也。骚,愁也。经,径也。言己放逐离别,中心愁思,犹依道径,以风谏君也。故上述唐、虞、三后之制,下序桀、纣、羿、浇之败,冀君觉悟,反于正道而还已也。是时,秦昭王使张仪谲诈怀王,令绝齐交;又使诱楚,请与俱会武关,遂胁与俱归,拘留不遣,卒客死于秦。其子襄王,复用谗言,迁屈原于江南。屈原放在草野,复作《九章》,援天引圣,以自证明,终不见省。不忍以清白久居浊世,遂赴汨渊自沉而死。《离骚》之文,依《诗》取兴,引类譬谕,故善鸟香草,以配忠贞;恶禽臭物,以比谗佞;灵修美人,以媲于君;宓妃佚女,以譬贤臣;虬龙鸾凤,以托君子;飘风云霓,以为小人。其词温而雅,其义皎而朗。凡百君子,莫不慕其清高,嘉其文采,哀其不遇,而愍其志焉。

——王逸《楚辞章句》

帝高阳[1]之苗裔[2]兮,朕皇考曰伯庸[3]。

摄提[4]贞于孟陬[5]兮,唯庚寅吾以降。

皇览揆余初度[6]兮,肇锡[7]余以嘉名。

名余曰正则兮,字余曰灵均。

纷吾既有此内美兮,又重之以修能。

扈[8]江离与辟芷兮,纫[9]秋兰以为佩。

汩[10]余若将不及兮,恐年岁之不吾与[11]。

朝搴[12]阰[13]之木兰兮,夕揽洲之宿莽[14]。

日月忽其不淹[15]兮,春与秋其代序。

[注释]

1 高阳:颛顼的号。《山海经·海内经》载:"黄帝妻雷祖,生昌意,昌意降处若水,生韩流。韩流……取淖子曰阿女,生帝颛顼。"其后熊绎,芈姓,熊氏,名绎。事周武王,封楚子,居丹阳。熊绎受封后,大力发展生产,扩大疆土,"辟在荆山,筚路蓝缕,以处草莽。跋涉山林,以事天子。唯是桃弧、棘矢,以共御王事"(《左传·昭公十二年》)。传国至熊通,始称王,为楚武王。屈原为楚武王熊通之子屈瑕的后代。
2 苗裔:常用来喻指子孙后代。此处指远孙。
3 伯庸:屈原的父亲,字伯庸。
4 摄提:"摄提格""摄提纪"的简称。中国古代岁星纪年中的年名,对应十二地支中的"寅"。当木星位于丑位时,太岁即位于寅位,该年就称为"摄提格"。此处指寅年。
5 陬(zōu):指正月。
6 初度:出生的年月和时辰,后指生日,或是指一岁的开始,虚岁之说。
7 锡:同"赐"。赐给。
8 扈:披带之意。
9 纫(rèn):索、缝。
10 汩(yù):水流湍急的样子,这里指光阴飞逝。
11 不吾与:宾语前置。应为"不与吾",有时间不等我之意。
12 搴(qiān):采摘。
13 阰(pí):古代中国楚地的山名。
14 宿莽:一种历冬不死的草。
15 淹:久。

宋　赵孟坚　《墨兰图》局部

唯草木之零落兮，恐美人[1]之迟暮。
不抚壮[2]而弃秽兮，何不改乎此度[3]？
乘骐骥[4]以驰骋兮，来吾道[5]夫先路！

昔三后[6]之纯粹兮，固众芳[7]之所在。
杂申椒与菌桂[8]兮，岂维纫夫蕙茝[9]！
彼尧舜之耿介兮，既遵道而得路。
何桀纣之猖披[10]兮，夫唯捷径以窘步。
唯夫党人之偷乐兮，路幽昧以险隘。
岂余身之惮殃兮，恐皇舆之败绩！
忽奔走以先后兮，及前王之踵武[11]。
荃[12]不察余之中情兮，反信谗而齌怒[13]。

[注释]

1 美人：此处屈原以美人喻君王。
2 抚壮：趁着年轻气盛的时候。
3 此度：指现行的法度。
4 骐骥（qíjì）：千里马。暗喻贤能的人。
5 道：同"导"。引导、指引之意。
6 三后：指禹、汤、文王，三位君王。
7 众芳：指群贤。
8 申椒、菌桂：均为丛生的香木。比喻贤者。
9 蕙（huì）、茝（chǎi）：均指香草。古人多用惠兰、白芷佩戴、沐浴或香熏。屈原多用以类香草，比喻高洁、志坚、德美的贤者。
10 猖披：猖狂。
11 武：脚步、足迹。
12 荃：一种香草。此处代指君王。
13 齌（jì）怒：急怒、暴怒。

宋　赵昌　《写生蛱蝶图》局部

元　赵衷　《三花图》局部

余固知謇謇[1]之为患兮，忍而不能舍也。
指九天[2]以为正[3]兮，夫唯灵修[4]之故也。
曰黄昏以为期兮，羌[5]中道而改路。
初既与余成言[6]兮，后悔遁而有他。
余既不难夫离别兮，伤灵修之数化[7]。

余既滋兰之九畹[8]兮，又树蕙之百亩。
畦[9]留夷与揭车兮，杂杜衡与芳芷[10]。
冀枝叶之峻茂兮，愿俟[11]时乎吾将刈[12]。
虽萎绝其亦何伤兮，哀众芳之芜秽。
众皆竞进以贪婪兮，凭不厌乎求索。
羌内恕己以量人[13]兮，各兴心而嫉妒。

[注释]

1 謇（jiǎn）謇：忠贞耿直的样子。
2 九天：古人认为天有九重。
3 正：同"证"。
4 灵修：指君王，神明远见的君王。
5 羌：表转折。但是。
6 成言：指订约。
7 数化：反复改变。
8 畹：王逸注："十二亩曰畹。"一说，田三十亩曰畹。二百四十步为一亩。
9 畦：五十亩为一畦。
10 留夷、揭车、杜衡、芳芷：皆为香草名。
11 俟（sì）：等待。
12 刈（yì）：收获。
13 量人：指猜忌别人。

元　雪窗　《兰图》局部

忽驰骛[1]以追逐兮，非余心之所急。

老[2]冉冉其将至兮，恐修名之不立。

朝饮木兰之坠露兮，夕餐秋菊之落英[3]。

苟余情其信姱[4]以练要[5]兮，长顑颔[6]亦何伤？

擥[7]木根以结茞兮，贯薜荔[8]之落蕊。

矫[9]菌桂以纫蕙兮，索[10]胡绳[11]之纚纚[12]。

謇吾法夫前修兮，非世俗之所服。

虽不周[13]于今之人兮，愿依彭咸[14]之遗则。

长太息以掩涕兮，哀民生之多艰。

余虽好修姱以鞿羁[15]兮，謇朝谇[16]而夕替。

既替余以蕙纕[17]兮，又申[18]之以揽茝。

亦余心之所善兮，虽九死其犹未悔。

[注释]

1 驰骛（wù）：疾驰。
2 老：七十曰老。
3 英：指精华。古人认为食秋菊的落英有益寿延年的作用。魏文帝云："芳菊含乾坤之纯和，体芬芳之淑气。故屈原悲冉冉之将老，思飧秋菊之落英，辅体延年，莫斯之贵。"
4 信姱（kuā）：指可靠而且美好。
5 练要：精诚专一，操守坚贞。
6 顑颔（kǎnhàn）：指外形消瘦。
7 擥（lǎn）：同"揽"。持、拿着。
8 薜（bì）荔：香草名。
9 矫：举。
10 索：打结。
11 胡绳：香草名。
12 纚（lí）纚：连绵不断的样子。
13 周：合。
14 彭咸：殷贤大夫。忠贞耿介，谏纣不用，自投江而死。屈原赴水，即效法彭咸。
15 鞿（jī）羁：束缚。此处以马自喻。
16 谇（suì）：进谏。
17 纕（xiāng）：佩戴。
18 申：复、又。

怨灵修[1]之浩荡兮，终不察夫民心。

众女[2]嫉余之蛾眉兮，谣诼[3]谓余以善淫。

固时俗之工巧兮，偭[4]规矩而改错[5]。

背绳墨以追曲兮，竞周容[6]以为度。

忳郁[7]邑余侘傺[8]兮，吾独穷困乎此时也。

宁溘死[9]以流亡兮，余不忍为此态也。

鸷鸟[10]之不群兮，自前世而固然。

何方圜之能周兮，夫孰异道而相安？

屈心而抑志兮，忍尤而攘[11]诟。

伏[12]清白以死直兮，固前圣之所厚[13]。

悔相道之不察[14]兮，延伫乎吾将反[15]。

[注释]

1 灵修：指楚怀王。
2 众女：指众臣、奸佞的小人。
3 谣诼（zhuó）：造谣诽谤。
4 偭：违背。
5 错：通"措"。指先圣的法则规矩。
6 周容：苟合求容。
7 忳（tún）郁：忧郁愁闷。
8 侘傺（chàchì）：失意而精神恍惚。
9 溘（kè）死：突然死去。
10 鸷（zhì）鸟：凶猛的鸟。指雄鹰。
11 攘：除去。
12 伏：通"服"。坚守。
13 厚：厚遇。如，比干直谏而死，武王伐纣封比干之墓，孔子盛赞其仁，此为厚也。
14 不察：没有明察。指古人事君之道为异姓事君，不合即去；同姓事君，有死而已。屈原因为没有明察同姓事君之道而离去，所以懊悔打算回去。
15 反：同"返"。回去。

宋　李迪　《枫鹰稚鸡图》局部

回朕车以复路兮,及行迷之未远。

步余马于兰皋[1]兮,驰椒丘[2]且焉止息。

进不入以离[3]尤兮,退将复修吾初服。

制芰[4]荷以为衣兮,集芙蓉以为裳[5]。

不吾知其亦已兮,苟余情其信芳。

高余冠之岌岌[6]兮,长余佩之陆离[7]。

芳与泽其杂糅兮,唯昭质[8]其犹未亏。

忽反顾以游目兮,将往观乎四荒。

佩缤纷其繁饰兮,芳菲菲其弥章[9]。

民生各有所乐兮,余独好修以为常。

虽体解吾犹未变兮,岂余心之可惩。

[注释]

1 兰皋:长兰草的水边高地。
2 椒丘:多椒木的山丘。
3 离:遭遇、遇到。
4 芰(jì):菱角。
5 裳:下衣。古人的服饰,上为衣,下为裳。指屈原以芰荷、芙蓉为衣裳,洁净美好,其善益明。
6 岌(jí)岌:高耸的样子。
7 陆离:美好的样子。
8 昭质:指明洁的品质。
9 章:明显。

女媭[10]之婵媛[11]兮，申申其詈[12]予。

曰：鲧[13]婞直[14]以亡身兮，终然夭乎羽之野[15]。

汝何博謇而好修兮，纷独有此姱节？

薋菉葹[16]以盈室兮，判独离而不服。

众不可户说兮，孰云察余之中情？

世并举而好朋兮，夫何茕[17]独而不予听？

依前圣以节中兮，喟[18]凭心而历兹。

济沅湘[19]以南征兮，就重华[20]而陈词：

启[21]《九辩》与《九歌》[22]兮，夏康[23]娱以自纵。

不顾难以图后兮，五子[24]用失乎家巷。

羿淫游以佚畋[25]兮，又好射夫封狐。

---

10 女媭（xū）：屈原的姐姐。
11 婵媛（chányuán）：牵挂。
12 詈（lì）：骂。
13 鲧（gǔn）：大禹的父亲，有崇部落的首领。不听尧命，治水无功被杀于羽山。
14 婞（xìng）直：刚正固执。
15 羽之野：羽山的郊野。
16 薋（cí）：恶草，蒺藜。菉（lù）：恶草，王刍。生长于草坡或阴湿地，常作牧草用。葹（shī）：枲也，大麻的雄株。枲麻亦泛指大麻。薋、菉、葹：三者皆恶草，比喻逸佞的小人。
17 茕（qióng）：孤单。
18 喟（kuì）：叹息声。
19 沅（yuán）湘：指沅水、湘水。
20 重华：帝舜的名字。瞽叟生重华，是为舜。舜葬于九嶷山（又名苍梧山，在湖南宁远县南）。九嶷山在沅水、湘水之南。
21 启：夏启。禹之子，夏的开国君主。
22 九歌：《左氏传》记载：六府，指金木水火土谷；三事，指正德、利用、厚生。六府三事，谓之九功，九功之德皆可歌也，谓之《九歌》。《九辩》《九歌》皆得于天上，为仙乐。王逸注："《九辩》《九歌》，禹乐也。"
23 夏康：夏启的儿子太康。夏康纵情享乐，以致丧乱。
24 五子：指夏康兄弟五人。
25 佚畋（yìtián）：亦作"佚田"。指无节制的田猎。

宋　牧溪　《水墨写生图》局部

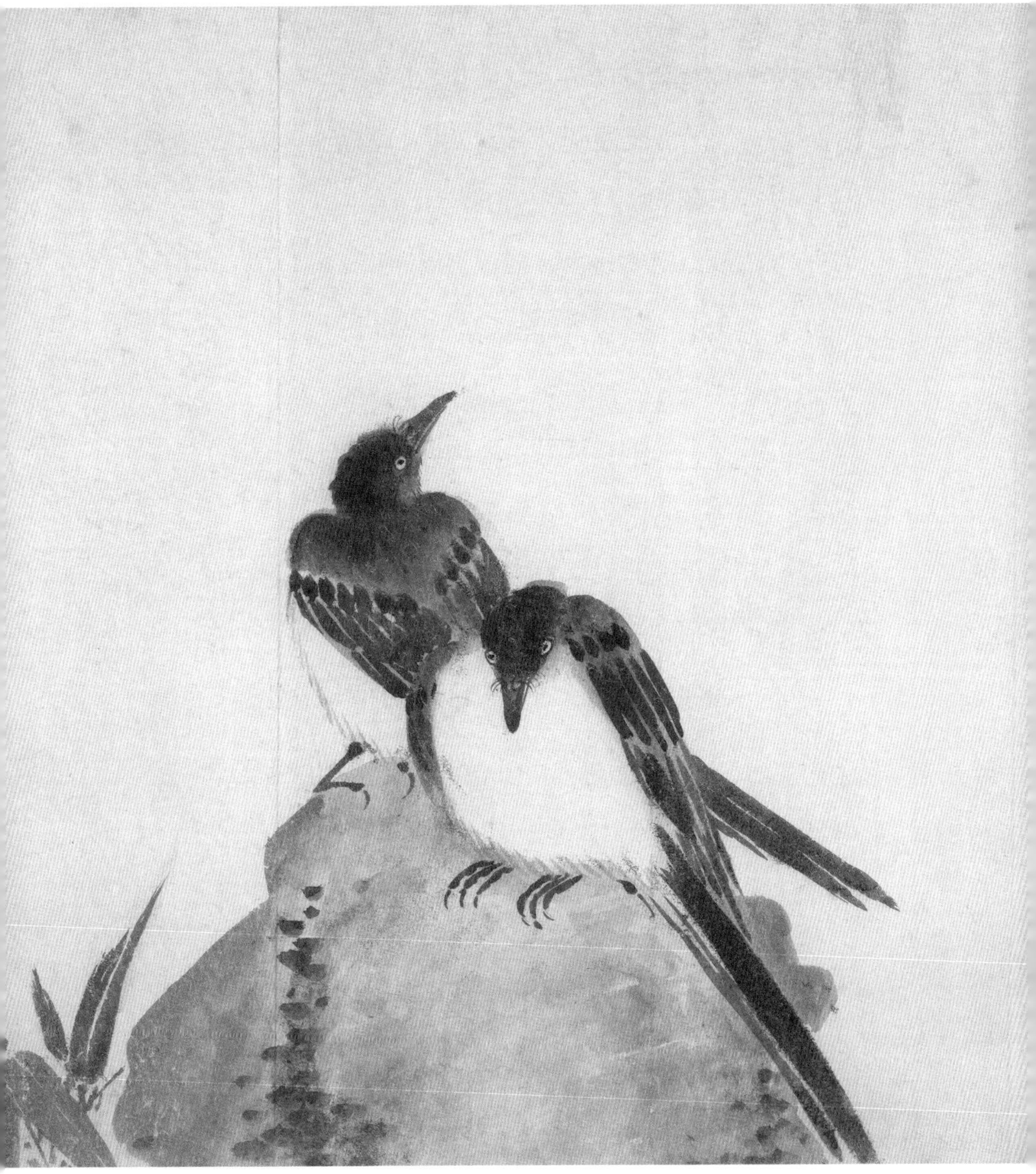

固乱流其鲜终兮,浞[1]又贪夫厥家[2]。

浇[3]身被服强圉[4]兮,纵欲而不忍。

日康娱而自忘兮,厥首用夫颠陨。

夏桀之常违兮,乃遂焉而逢殃。

后辛[5]之菹醢[6]兮,殷宗用而不长。

汤禹俨[7]而祗敬兮,周论道而莫差。

举贤才而授能兮,循绳墨而不颇。

皇天无私阿兮,览民德焉错[8]辅。

夫维圣哲以茂行兮,苟得用此下土。

瞻前而顾后兮,相观民之计极。

夫孰非义而可用兮,孰非善而可服。

[注释]

1 浞(zhuó):寒浞。羿之相,行媚于上,施赇于下。得羿重用,杀忠正之臣后专权。后杀羿夺其妻,夺取有穷氏大权。
2 厥(jué)家:指群臣百官。
3 浇(ào):寒浞之子,寒浇。传其强壮有力。受命于寒浞,杀夏后相。后受封居于过(今莱州西北近海处)。夏少康中兴夏朝,遂被灭。
4 强圉(yǔ):强壮有力。
5 辛:纣王之名。

6 菹(zū)醢(hǎi):肉酱。此处为动词。指纣王将忠正的大臣梅伯剁为肉酱。《吕氏春秋·行论篇》:"昔者纣为无道,杀梅伯而醢之,杀鬼侯而脯之,以礼诸侯于庙。"
7 俨(yǎn):畏。
8 错:置、放在。

阽[9]余身而危死兮,览余初其犹未悔。
不量凿而正枘[10]兮,固前修以菹醢。
曾歔欷余郁邑兮,哀朕时之不当。
揽茹[11]蕙以掩涕兮,沾余襟之浪浪。

跪敷衽[12]以陈辞兮,耿吾既得此中正。
驷玉虬[13]以椉鹥[14]兮,溘埃风余上征。
朝发轫[15]于苍梧[16]兮,夕余至乎县圃[17]。
欲少留此灵琐[18]兮,日忽忽其将暮。
吾令羲和[19]弭节[20]兮,望崦嵫[21]而勿迫。
路漫漫其修远兮,吾将上下而求索。

9 阽(diàn):遇到危险。
10 枘(ruì):榫头、楔子。
11 茹(rú):柔软的。
12 衽(rèn):上衣的前襟。
13 虬:有角为龙,无角为虬。
14 鹥(yì):凤凰的别名。 椉(shèng)鹥:驾凤。比喻己所欲近之君者,施行之美,若乘龙驾凤以登天。古代绘画中也有乘龙驾凤的人物形象,如《洛神赋》中的仙人。
15 发轫(rèn):出发。
16 苍梧:苍梧山。又名九嶷山,舜所葬之地。
17 县圃(pǔ):山名,在昆仑山之上。泛指仙境。
18 灵琐:神仙所在的地方。
19 羲和:太阳神。
20 弭(mǐ)节:指按节,徐步而行。
21 崦嵫(yānzī):神话中太阳入山的地方。下有蒙水,水中有虞渊(日落的地方)。

饮余马于咸池[1]兮，总余辔乎扶桑[2]。
折若木[3]以拂日兮，聊逍遥以相羊[4]。
前望舒[5]使先驱兮，后飞廉[6]使奔属。
鸾皇[7]为余先戒兮，雷师[8]告余以未具。
吾令凤鸟[9]飞腾兮，继之以日夜。
飘风[10]屯其相离兮，帅云霓[11]而来御。
纷总总其离合兮，斑陆离其上下。
吾令帝阍[12]开关兮，倚阊阖[13]而望予。
时暧暧[14]其将罢[15]兮，结幽兰而延伫。
世溷浊[16]而不分兮，好蔽美而嫉妒。
朝吾将济于白水[17]兮，登阆风[18]而绁马[19]。

[注释]

1 咸池：神话中的日浴处。王逸注：咸池，星名，盖天池也。
2 扶桑：日所照之木也。
3 若木：日所入之处的树木，在昆仑山西边。
4 逍遥、相羊：皆为自在徘徊之意。
5 望舒：为月亮驾车之神，借指月亮。此处喻臣清白廉正。
6 飞廉：指风伯。雀头，有角，鹿身，蛇尾豹纹。此处喻指君命。
7 鸾皇：灵鸟。
8 雷师：雷神。
9 凤鸟：指明智之士。
10 飘风：无常之风。喻兴邪恶的众人。
11 云霓：恶气。喻奸佞之人。
12 阍（hūn）：宫门的主门。
13 阊阖（chānghé）：天门。
14 暧（ài）暧：昏昧的样子。
15 罢：同"疲"。累。
16 溷（hùn）浊：混乱污浊。
17 白水：神泉。出于昆仑山，饮而不死。
18 阆（làng）风：山名。在昆仑山之上。
19 绁（xiè）：系，拴。

元　赵孟頫　《饮马图》局部

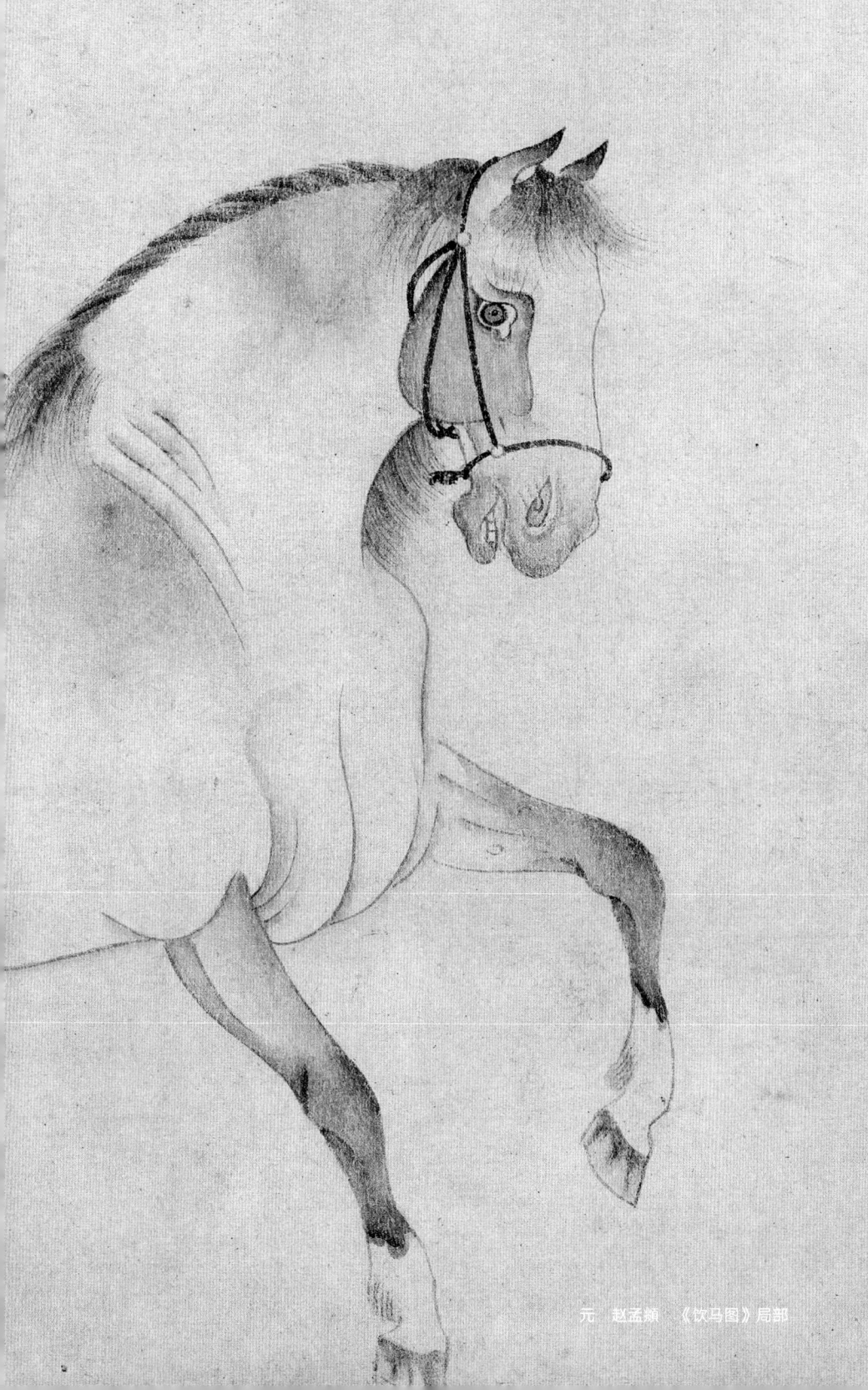

元 佚名 《浴马图》局部

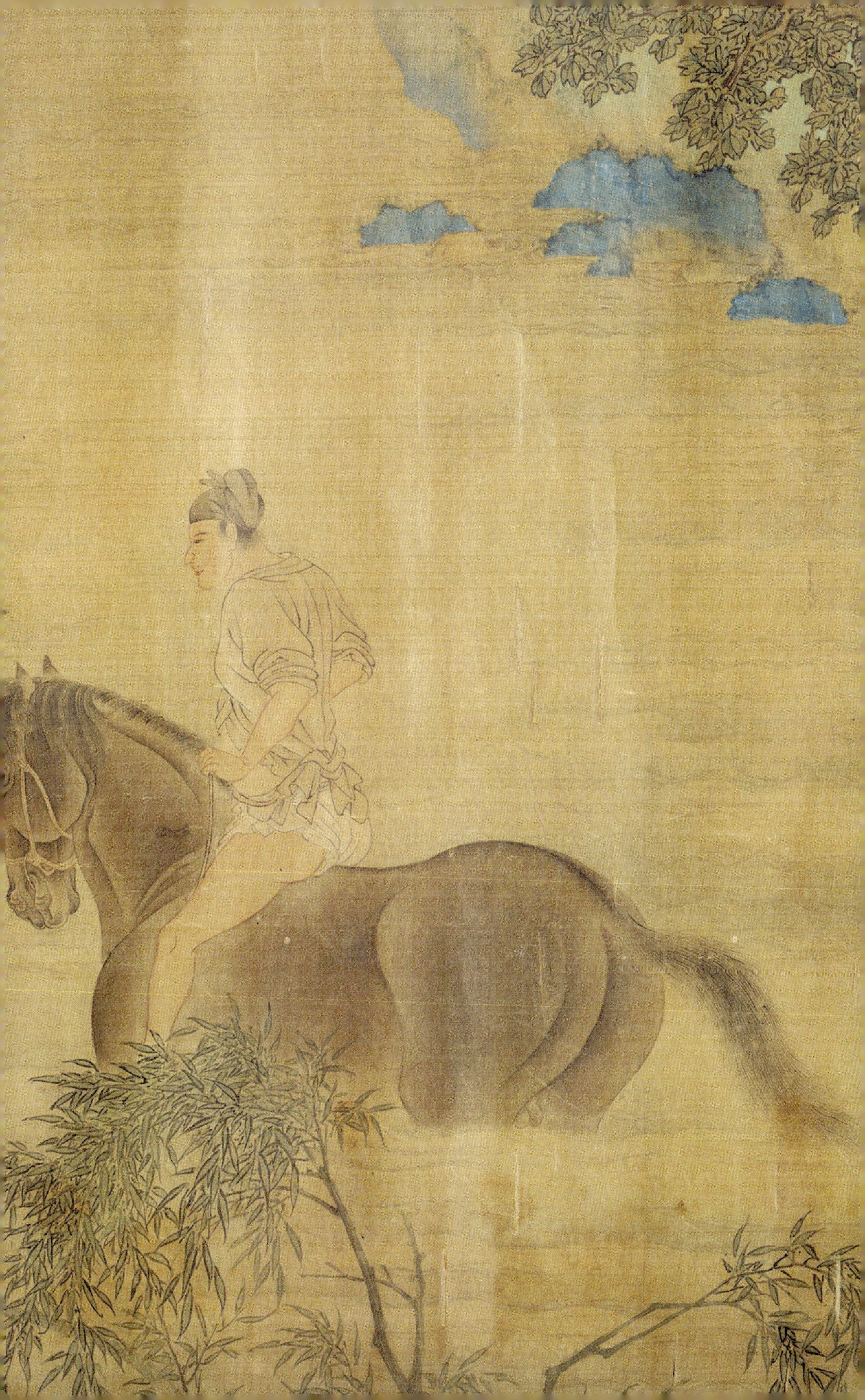

進止難期若往若還轉眄流
精光潤玉顏含詞未吐氣若
幽蘭華容婀娜令我忘餐

忽反顾以流涕兮,哀高丘[1]之无女。

溘吾游此春宫[2]兮,折琼枝以继佩。

及荣华之未落兮,相下女[3]之可诒[4]。

吾令丰隆[5]乘云兮,求宓妃[6]之所在。

解佩纕以结言兮,吾令蹇修[7]以为理。

纷总总其离合兮,忽纬𦁐[8]其难迁。

夕归次[9]于穷石[10]兮,朝濯发[11]乎洧盘[12]。

保厥美以骄傲兮,日康娱以淫游。

虽信美而无礼兮,来违弃而改求。

览相观于四极[13]兮,周流乎天余乃下。

[注释]

1 高丘:楚国有高丘之山。
2 春宫:东方青帝的宫殿。
3 下女:指贤能而居于下位,地位不高的人。
4 诒(yí):相赠。
5 丰隆:云神。
6 宓(fú)妃:洛神,传说为伏羲氏之女,落洛水而死,成为司掌洛河的水神。曹植在《洛神赋》中赞美其:"翩若惊鸿,婉若游龙。荣曜秋菊,华茂春松。髣髴兮若轻云之蔽月,飘飖兮若流风之回雪。远而望之,皎若太阳升朝霞。迫而察之,灼若芙蕖出绿波。"曹植创造了个性色彩十分浓郁的洛神形象。东晋、宋代都有创作的《洛神赋图》。此处比喻隐士、贤臣。
7 蹇(jiǎn)修.伏羲氏之臣.此处指媒妁。
8 纬𦁐(wěihuà):乖戾。
9 次:住所。
10 穷石:地名。相传夏时有穷氏后羿,居住的地方。若水出于穷石。
11 濯(zhuó)发:洗发。
12 洧(wěi)盘:神话中的水名。据说发源于崦嵫山。
13 四极:古时指日月周行四方所到达的最远点。

望瑶台之偃蹇兮,见有娀[1]之佚女[2]。

吾令鸩[3]为媒兮,鸩告余以不好。

雄鸠之鸣逝兮,余犹恶其佻巧。

心犹豫而狐疑兮,欲自适而不可。

凤皇既受诒兮,恐高辛[4]之先我。

欲远集而无所止兮,聊浮游以逍遥。

及少康[5]之未家兮,留有虞[6]之二姚[7]。

理弱而媒拙兮,恐导言之不固。

世溷浊而嫉贤兮,好蔽美而称恶。

闺中既以邃远兮,哲王[8]又不寤[9]。

怀朕情而不发兮,余焉能忍而与此终古?

[注释]

[1] 有娀(sōng):国名。相传帝喾之次妃有娀氏,名简狄,生子契。契,别称"阏伯"。尧帝的异母兄长。被尧封于商,主管火正。后世尊称其为"商祖""火神"。
[2] 佚女:美女。此处以其喻贞贤的人。
[3] 鸩(zhèn):传说中的一种毒鸟。比喻谗佞害人者。
[4] 高辛:姓氏。高辛氏为帝喾。
[5] 少康:夏后相之子夏少康。当年寒浞派儿子寒浇杀了夏后相,其遗腹子夏少康逃到有虞国。有虞国君将二女许配给少康。她们助少康复国,曾立大功。
[6] 有虞:国名。姓姚,舜的后代。
[7] 二姚:指有虞国君的两个女儿。
[8] 哲王:贤君。
[9] 寤:觉悟。

宋　佚名　《枯树鸜鹆图》

索琼茅以筵篿[1]兮，命灵氛[2]为余占之。

曰：两美其必合兮，孰信修而慕之？

思九州[3]之博大兮，岂唯是其有女？

曰：勉远逝而无狐疑兮，孰求美而释女？

何所独无芳草兮，尔何怀乎故宇[4]？

世幽昧以眩曜[5]兮，孰云察余之善恶？

民好恶其不同兮，唯此党人其独异。

户服艾以盈要[6]兮，谓幽兰其不可佩。

览察草木其犹未得兮，岂珵美[7]之能当？

苏[8]粪壤以充帏[9]兮，谓申椒其不芳。

欲从灵氛之吉占兮，心犹豫而狐疑。

巫咸[10]将夕降兮，怀椒糈[11]而要之。

[注释]

1 篿（zhuān）：指楚国人结草、折竹占卜。
2 灵氛：古代占卜吉凶的神巫。
3 九州：《尚书·禹贡》记载：九州分别是：冀州、兖州、青州、徐州、扬州、荆州、豫州、梁州和雍州。而周时，徐州、梁州分别并入青州与雍州。此处泛指天下。
4 故宇：故国。
5 眩曜：惑乱的样子。
6 盈要：挂满腰带。
7 珵（chéng）美：美玉。
8 苏：取。
9 帏（wéi）：香囊。《尔雅》云：妇人之帏，谓之褵。注云：即今之香缨也。
10 巫咸：古代的神巫。
11 糈（xǔ）：精米，用以享神，占卜之用。

百神翳[12]其备降兮，九疑[13]缤其并迎。

皇剡剡[14]其扬灵兮，告余以吉故[15]。

曰：勉升降以上下兮，求矩矱[16]之所同。

汤禹严而求合兮，挚[17]咎繇[18]而能调。

苟中情其好修兮，又何必用夫行媒。

说[19]操筑于傅岩[20]兮，武丁[21]用而不疑。

吕望[22]之鼓刀兮，遭周文而得举。

宁戚[23]之讴歌[24]兮，齐桓闻以该辅。

及年岁之未晏[25]兮，时亦犹其未央。

恐鹈鴂[26]之先鸣兮，使夫百草为之不芳。

何琼佩之偃蹇兮，众薆[27]然而蔽之。

唯此党人之不谅兮，恐嫉妒而折之。

---

12 翳：遮蔽。
13 九疑：九嶷山。
14 剡（yǎn）剡：光芒万丈的样子。
15 吉故：明君遇贤臣吉祥的故事。
16 矩矱（yuē）：规矩法度。此处指志同道合。
17 挚（zhì）：伊尹的名，汤的臣子。
18 咎繇：夏禹的臣子。
19 说（yuè）：傅说，傅氏始祖。传为商王武丁的宰相。
20 傅岩：地名。
21 武丁：商王盘庚的侄子，商王小乙之子。小乙去世，武丁继任商君主之位。
22 吕望：吕尚，亦作姜尚。吕尚在未遇周文王前，曾在朝歌当屠夫。
23 宁戚：春秋卫国人，得齐桓公重用。
24 讴（ōu）歌：指宁戚叩牛角，饭牛而歌。
25 晏：晚。
26 鹈鴂（tíjué）：鸟名。秋分前鸣叫，则草木凋零。
27 薆（ài）：掩盖、遮盖。

元　钱选　《八花图》局部

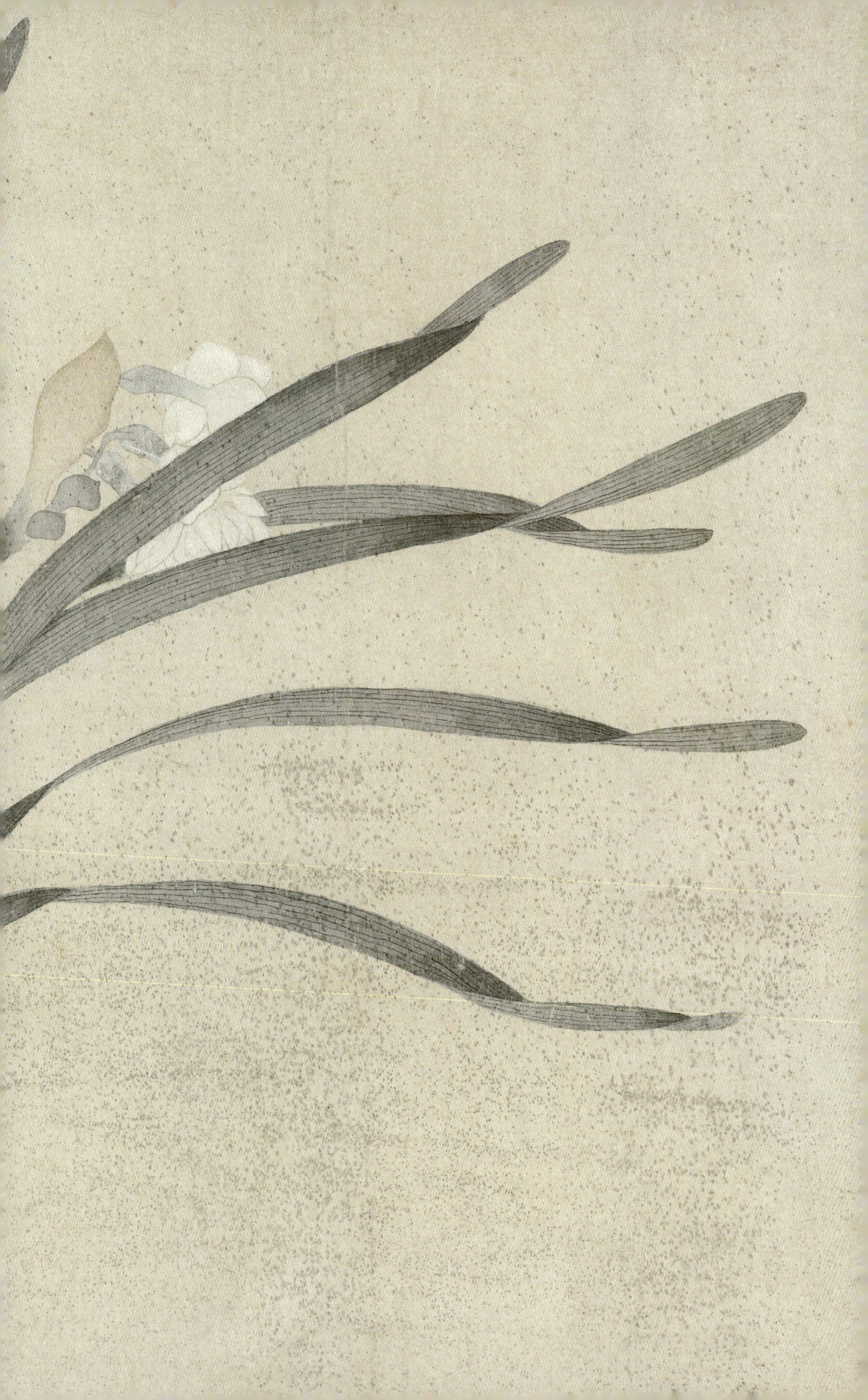

宋　佚名　《秋兰绽蕊图》

时缤纷其变易兮，又何可以淹留。

兰芷变而不芳兮，荃蕙[1]化而为茅[2]。

何昔日之芳草兮，今直为此萧[3]艾也。

岂其有他故兮，莫好修之害也。

余以兰[4]为可恃兮，羌无实而容长。

委厥美以从俗兮，苟得列乎众芳。

椒[5]专佞以慢慆[6]兮，樧[7]又欲充夫佩帏。

既干进而务入兮，又何芳之能祇。

固时俗之流从兮，又孰能无变化。

览椒兰其若兹兮，又况揭车与江离[8]。

唯兹佩之可贵兮，委厥美而历兹。

芳菲菲而难亏兮，芬至今犹未沫[9]。

[注释]

1 荃、蕙：荃草、蕙草皆为香草。比喻贤人。
2 茅：恶草。比喻谗佞之人。
3 萧：香蒿。古代祭祀所用，合油脂加热用以享神。
4 兰：香草名。此处指司马子兰，怀王之弟。
5 椒：香草名。此处指楚国大夫子椒。
6 慢慆（tāo）：傲慢放肆。
7 樧（shā）：茱萸。似椒非椒。比喻子椒似贤非贤。
8 揭车、江离：皆香草，但其香气不如椒、兰盛。
9 沫（mèi）：消失。

和调度以自娱兮,聊浮游而求女。
及余饰之方壮[1]兮,周流观乎上下。

灵氛既告余以吉占兮,历吉日乎吾将行。
折琼枝以为羞[2]兮,精琼靡[3]以为粻[4]。
为余驾飞龙兮,杂瑶象以为车。
何离心之可同兮,吾将远逝以自疏。
邅[5]吾道夫昆仑兮,路修远以周流。
扬云霓之晻蔼[6]兮,鸣玉鸾[7]之啾啾[8]。
朝发轫于天津[9]兮,夕余至乎西极[10]。
凤皇翼[11]其承旗兮,高翱翔之翼翼。
忽吾行此流沙兮,遵赤水[12]而容与。
麾蛟龙使梁津[13]兮,诏西皇[14]使涉予。

[注释]

1 饰之方壮:指年纪和德行正是盛时。
2 羞:同"馐"。指美食。
3 琼靡(mí):玉屑。
4 粻(zhāng):粮食。
5 邅(zhān):转。
6 晻(ǎn)蔼:阴郁的样子。
7 玉鸾:车上的玉铃。
8 啾啾:鸟鸣的声音。
9 天津:万物所生之地。在四极之东极,箕、斗之间。
10 西极:万物所成之地。西边的天门,阊阖之门。
11 翼:敬。
12 赤水:水名。从昆仑山流出。
13 梁津:在西海架桥。
14 西皇:帝少皞。

路修远以多艰兮，腾众车使径待[15]。

路不周[16]以左转兮，指西海以为期。

屯余车其千乘兮，齐玉轪[17]而并驰。

驾八龙之婉婉兮，载云旗之委蛇[18]。

抑志而弭节兮，神高驰之邈邈[19]。

奏《九歌》而舞《韶》兮，聊假日以媮[20]乐。

陟升[21]皇之赫戏[22]兮，忽临睨[23]夫旧乡。

仆夫悲余马怀兮，蜷局[24]顾而不行。

乱曰[25]：已矣哉[26]！

国无人莫我知兮，又何怀乎故都？

既莫足与为美政兮，吾将从彭咸之所居！

---

15 径待：路旁等待。
16 不周：山名。在昆仑山西北。
17 轪（dài）：车轮。
18 委蛇（yí）：一作逶迤。指旗帜舒卷的样子。
19 邈（miǎo）邈：遥远的样子。
20 媮（yú）：同"愉"。娱乐。
21 陟（zhì）升：登、升登。
22 赫戏：光明的样子。
23 临睨（nì）：俯视。旧乡：指楚国。
24 蜷（quán）局：弯曲着不肯前行的样子。
25 乱曰：结语。
26 已矣哉：绝望之词。算了吧。已经这样了！

宋　赵佶　《瑞鹤图》局部

九歌

屈原

《九歌》者，屈原之所作也。昔楚国南郢之邑，沅、湘之间，其俗信鬼而好祠。其祠，必作歌乐鼓舞以乐诸神。屈原放逐，窜伏其域，怀忧苦毒，愁思沸郁。出见俗人祭祀之礼，歌舞之乐，其词鄙陋。因作《九歌》之曲，上陈事神之敬，下见己之冤结，托之以风谏。故其文意不同，章句杂错，而广异义焉。

——王逸《楚辞章句》

宋　张敦礼　《九歌图》局部

东皇太一

太一，星名，天之尊神。祠在楚东，以配东帝，故云东皇。

吉日兮辰良，穆[1]将愉兮上皇。
抚长剑兮玉珥[2]，璆锵鸣兮琳琅[3]。
瑶席兮玉瑱[4]，盍[5]将把兮琼芳。
蕙肴蒸兮兰藉[6]，奠桂酒兮椒浆[7]。
扬枹[8]兮拊[9]鼓，疏缓节兮安歌。
陈竽[10]瑟[11]兮浩倡。
灵偃蹇兮姣服，芳菲菲兮满堂。
五音[12]纷兮繁会，君欣欣兮乐康。

[注释]

1 穆：敬。
2 玉珥：剑镡、剑鼻子。古代剑柄的顶端部分。
3 璆（qiú）、琳琅：皆为美玉。
4 瑱（zhèn）：同"镇"。压席的器物。
5 盍（hé）：何不。
6 藉：垫。
7 桂酒、椒浆：放了香料的酒。
8 枹（fú）：鼓槌。
9 拊：击。
10 竽：笙类吹奏乐器，有三十六簧。
11 瑟：琴类弹奏乐器，有二十五弦。
12 五音：宫、商、角、徵、羽，五种音阶。

云中君

云中君：云神，丰隆也。一曰屏翳。

浴兰汤兮沐芳，华采衣兮若[1]英。
灵连蜷[2]兮既留，烂昭昭[3]兮未央。
蹇将憺[4]兮寿宫，与日月兮齐光。
龙驾兮帝服[5]，聊翱游兮周章。
灵皇皇[6]兮既降，猋[7]远举兮云中。
览冀州兮有余，横四海兮焉穷。
思夫君兮太息，极劳心兮忡忡。

[注释]

1 若：杜若。一种香草。
2 连蜷：灵巫迎神的样子。
3 烂昭昭：光明灿烂的样子。
4 憺（dàn）：安心。
5 帝服：五方帝之服。服有青、黄、赤、白、黑之五彩。
6 皇皇：煌煌，光明美貌的样子。
7 猋（biāo）：疾速离去的样子。

宋　张敦礼　《九歌图》局部

湘君

刘向《列女传》：舜陟方死于苍梧，二妃死于江湘之间，俗谓之湘君。

张华《博物志》：洞庭君山，帝之二女居之，曰湘夫人。

君不行兮夷犹[1]，蹇谁留兮中洲？
美要眇[2]兮宜修，沛吾乘兮桂舟。
令沅湘兮无波，使江水兮安流。
望夫君兮未来，吹参差[3]兮谁思。
驾飞龙兮北征，邅[4]吾道兮洞庭。
薜荔柏[5]兮蕙绸[6]，荪[7]桡[8]兮兰旌。
望涔阳[9]兮极浦，横大江兮扬灵。

[注释]

1 夷犹：犹豫不决的样子。
2 要眇：美好的样子。
3 参差：洞箫。相传为舜所造，状如凤翼之参差不齐，故名参差。
4 邅（zhān）：楚方言。指调转船头。
5 柏：指用榑树装饰四壁。
6 绸：缚、缠绕。
7 荪：香草名。今菖蒲。
8 桡（ráo）：作小楫。
9 涔阳：地名。涔水北岸。

扬灵兮未极，女婵媛兮为余太息。

横流涕兮潺湲，隐思君兮陫侧[10]。

桂棹[11]兮兰枻[12]，斫冰兮积雪。

采薜荔兮水中，搴芙蓉兮木末。

心不同兮媒劳，恩不甚兮轻绝。

石濑[13]兮浅浅，飞龙兮翩翩。

交不忠兮怨长，期不信兮告余以不闲。

鼌[14]骋骛兮江皋，夕弭节兮北渚。

鸟次兮屋上，水周兮堂下。

捐[15]余玦兮江中，遗余佩兮醴浦[16]。

采芳洲兮杜若，将以遗[17]兮下女。

时不可兮再得，聊逍遥兮容与[18]。

10 陫（fèi）侧：内心不安。
11 棹（zhào）：船桨。
12 枻（yì）：船舷。
13 石濑（lài）：石间的激流。浅浅：水快速流动的样子。
14 鼌（zhāo）：通"朝"。早晨。
15 捐：抛。
16 醴浦：澧水之滨。
17 遗（wèi）：赠。
18 容与：缓慢不前的样子。

宋　张敦礼　《九歌图》局部

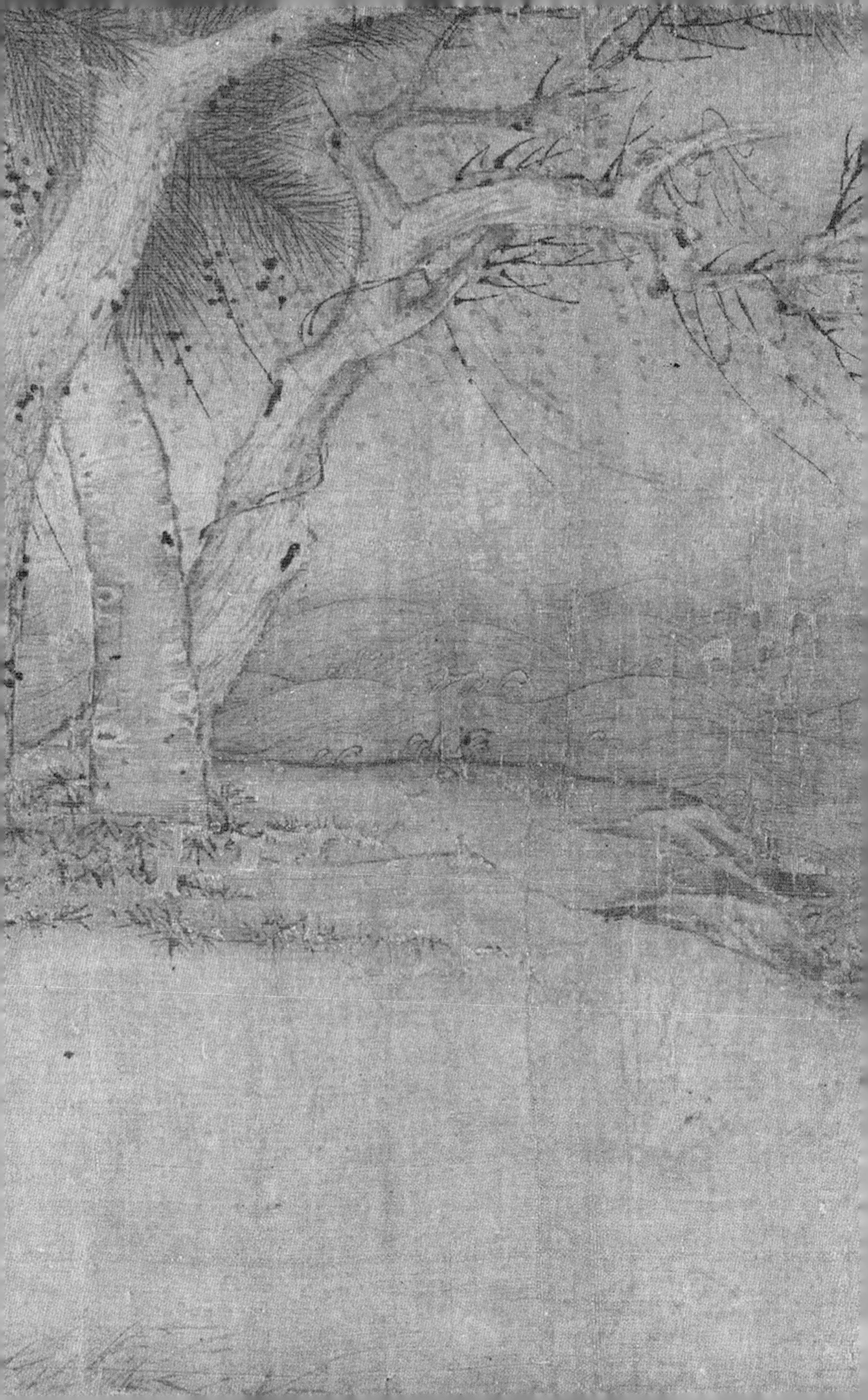

湘夫人

朱熹《楚辞集注》：湘君，尧之长女娥皇，为舜之正妃者也。……帝子，谓湘夫人，尧之次女女英，舜次妃也。

帝子[1]降兮北渚，目眇眇兮愁予。
袅袅兮秋风，洞庭波兮木叶下。
白薠[2]兮骋望，与佳期兮夕张[3]。
鸟萃[4]兮蘋[5]中，罾[6]何为兮木上？
沅有茝兮醴有兰，思公子兮未敢言。
荒忽[7]兮远望，观流水兮潺湲。
麋何食兮庭中，蛟何为兮水裔[8]。
朝驰余马兮江皋，夕济兮西澨[9]。

[注释]

1 帝子：湘夫人是帝尧的女儿，所以称其帝子。尧的两个女儿娥皇、女英，随舜不反，投湘水，后称其为湘夫人。
2 白薠（fán）：湖泽岸边秋天生长的一种小草。
3 张：设帷帐以迎接湘夫人。
4 萃：聚集。
5 蘋（pín）：水草。
6 罾（zēng）：渔网。
7 荒忽：同"恍惚"。模糊不清。
8 裔：边。
9 澨（shì）：岸边。

闻佳人兮召余,将腾驾兮偕逝[10]。

筑室兮水中,葺之兮荷盖。

荪壁兮紫坛[11],播芳椒兮成堂。

桂栋兮兰橑[12],辛夷楣兮药[13]房。

罔[14]薜荔兮为帷,擗[15]蕙櫋[16]兮既张。

白玉兮为镇,疏石兰[17]兮为芳。

芷葺兮荷屋,缭之兮杜衡[18]。

合百草[19]兮实庭,建芳馨兮庑[20]门。

九嶷缤兮并迎,灵之来兮如云。

捐余袂兮江中,遗余褋[21]兮醴浦。

搴汀洲兮杜若,将以遗兮远者。

时不可兮骤得,聊逍遥兮容与!

10 逝:前往。
11 紫坛:紫贝堆成的祭祀的台子。
12 橑:椽子。
13 药:白芷。
14 罔:结、编织。
15 擗(pǐ):拆开。
16 櫋(mián):屋檐板。
17 石兰:香草。
18 杜衡:香草名。
19 百草:指香草。
20 庑:堂下周围的廊屋。
21 褋(dié):禅衣,指贴身穿的汗衫之类。

宋　佚名　《九歌图》局部

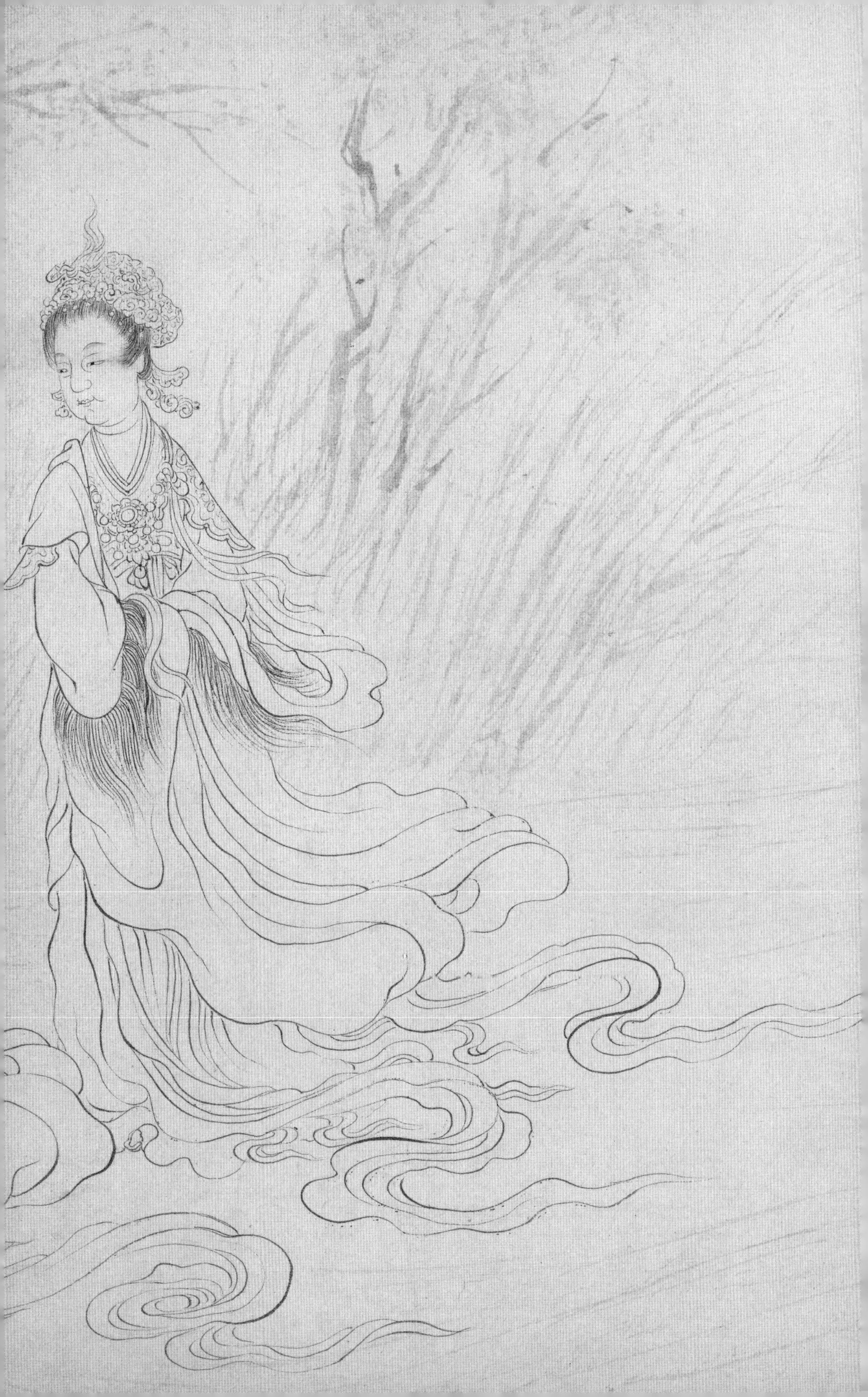

大司命

《史记·天官书》：文昌六星，四曰司命。《汉书·郊祀志》：荆巫有司命。说者曰：文昌，第四星也。五臣云：司命，星名。主知生死，辅天行化，诛恶护善也。

广开兮天门，纷吾[1]乘兮玄云[2]。
令飘风[3]兮先驱，使冻雨兮洒尘[4]。
君回翔兮以下，逾空桑[5]兮从女[6]。
纷总总兮九州，何寿夭兮在予。
高飞兮安翔，乘清气兮御阴[7]阳[8]。

[注释]

1 吾：指大司命。
2 玄云：乌云。
3 飘风：旋风。
4 洒尘：洗去尘埃。
5 空桑：山名。出制作琴瑟的木材。司命经过的地方。
6 女：同"汝"。
7 阴：主杀。
8 阳：主生。

吾与君兮斋速[9]，导帝之兮九坑[10]。

灵衣兮被被[11]，玉佩兮陆离[12]。

一阴兮一阳，众莫知兮余所为。

折疏麻[13]兮瑶华[14]，将以遗兮离居。

老冉冉兮既极，不寖近[15]兮愈疏。

乘龙兮辚辚[16]，高驰兮冲天。

结桂枝兮延伫，羌愈思兮愁人。

愁人兮奈何，愿若今兮无亏。

固人命兮有当[17]，孰离合兮可为？

9 斋速：疾速斋戒以自敕。
10 九坑：即九州，泛指人世间。
11 被（pī）被：同"披披"。长长的、飘动的样子。
12 陆离：复杂绚丽。
13 疏麻：神麻。
14 瑶华：玉华。开白色花。
15 寖近：稍微近一些、亲近。
16 辚辚：车的声音。
17 有当：有定数。

宋　张敦礼　《九歌图》局部

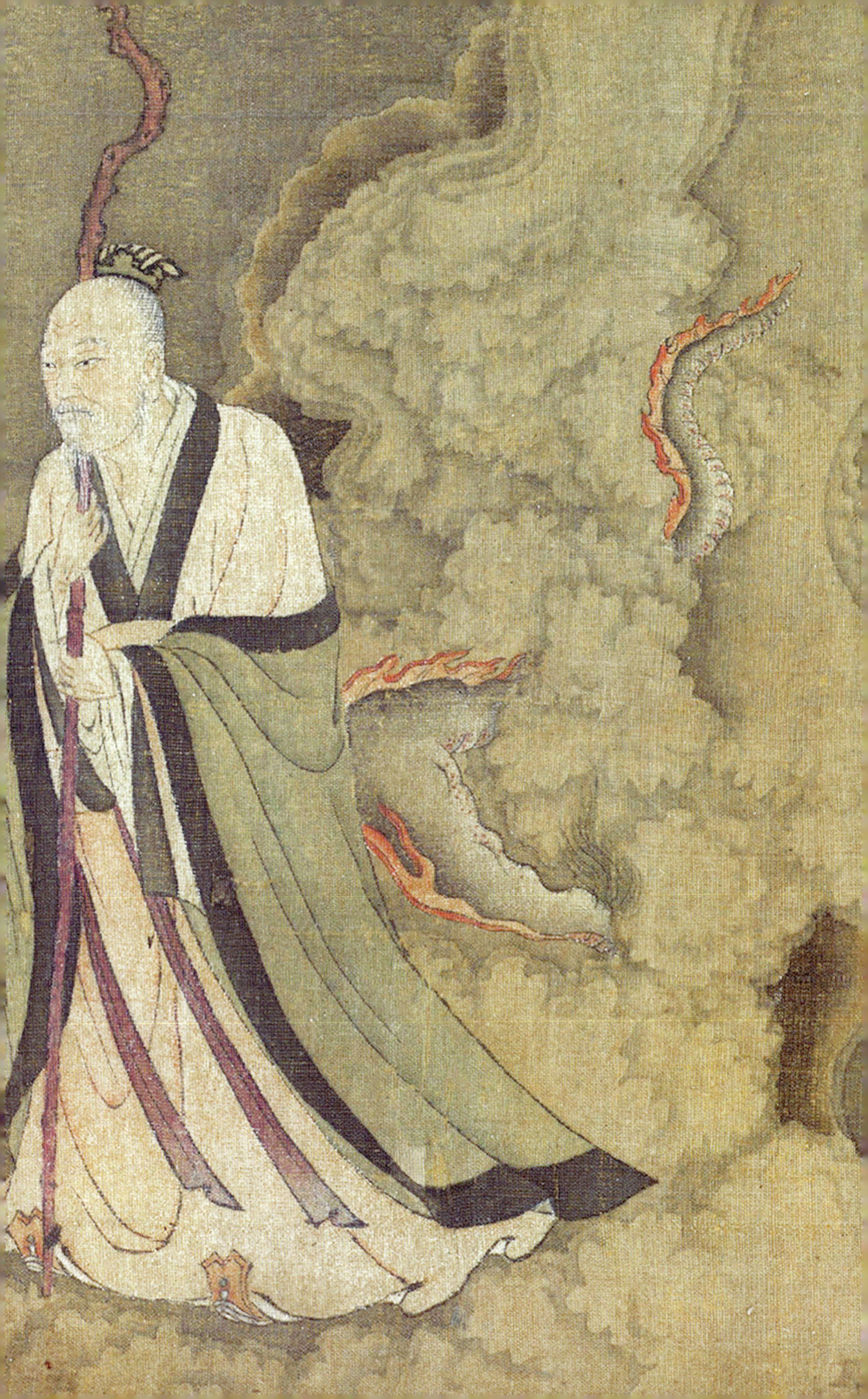

少司命

蒋骥《山带阁注楚辞》:《大司命》之辞肃,《少司命》之辞昵。

秋兰兮麋芜[1],罗生[2]兮堂下。
绿叶兮素枝[3],芳菲菲兮袭予。
夫人[4]兮自有美子,荪[5]何以兮愁苦。
秋兰兮青青[6],绿叶兮紫茎。
满堂兮美人,忽独与余兮目成。
入不言兮出不辞,乘回风兮载云旗。

[注释]

1 麋芜:香草名。小叶,白花。
2 罗生:并排生长。
3 素枝:白色的花朵。
4 夫人:指万民。
5 荪:香草。此处指司命。
6 青(jīng)青:草木茂盛的样子。

悲莫悲兮生别离，乐莫乐兮新相知。

荷衣兮蕙带，倏[7]而来兮忽而逝。

夕宿兮帝郊，君谁须[8]兮云之际。

与女游兮九河，冲风至兮水扬波。

与女沐兮咸池[9]，晞[10]女发兮阳之阿。

望美人兮未来，临风怳[11]兮浩歌。

孔盖兮翠旌，登九天兮抚彗星。

竦[12]长剑兮拥幼艾，荪独宜兮为民正。

---

[7] 倏（shū）：突然。
[8] 须：待、等。
[9] 咸池：星名。指天池。
[10] 晞（xī）：晾干。
[11] 怳（huǎng）：失意的样子。
[12] 竦（sǒng）：同"耸"。执、举起。

宋　张敦礼　《九歌图》局部

东君

《博雅》：朱明耀灵。东君，日也。
《汉书·郊祀志》：晋巫祠五帝、东君、云中君……成以二神连称，明楚俗致祭，诗人造歌，亦当以二神相将。且唯东君在云中君前，少司命乃得与河伯首尾相衔，而河伯首二句乃得阑入少司命中耳。

暾[1]将出兮东方，照吾槛兮扶桑。
抚余马[2]兮安驱，夜皎皎兮既明。
驾龙辀[3]兮乘雷[4]，载云旗兮委蛇。

[注释]

1 暾（tūn）：初升的太阳。
2 马：指六龙。因为替太阳神驾车的人是羲和，其马为六龙。
3 辀（zhōu）：车辕。
4 乘雷：指乘龙。

长太息兮将上,心低徊兮顾怀。

羌声色兮娱人,观者憺兮忘归。

縆[1]瑟兮交鼓[2],箫钟兮瑶簴[3]。

鸣篪[4]兮吹竽,思灵保兮贤姱。

翾[5]飞兮翠曾[6],展诗兮会舞。

应律兮合节,灵之来兮敝日。

青云衣兮白霓裳,举长矢兮射天狼[7]。

操余弧[8]兮反沦降,援北斗[9]兮酌桂浆。

撰余辔兮高驰翔,杳冥冥兮以东行。

[注释]

1 縆(gēng):绷紧的弦。
2 交鼓:一种对击的鼓。
3 簴(jù):古代挂钟磬的立柱。
4 篪(chí):一种吹奏乐器。形似笛,有八孔。
5 翾(xuān)飞:此处指灵巫轻盈的样子。
6 翠曾:此处指翠鸟的翅膀。
7 天狼:天狼星。喻贪残。
8 弧:木弓。
9 北斗:以北斗为杯,喻酒器大。

宋　张敦礼　《九歌图》局部

河伯

《山海经》：中极之渊，深三百仞，唯冰夷都焉。冰夷，人面而乘龙。
《穆天子传》：天子西征，至于阳纡之山，河伯、无夷之所都居。冰夷、无夷，即冯夷也。

与女游兮九河[1]，冲风[2]起兮横波。
乘水车兮荷盖，驾两龙兮骖螭[3]。
登昆仑兮四望，心飞扬兮浩荡。
日将暮兮怅忘归，唯极浦兮寤怀。
鱼鳞屋兮龙堂，紫贝阙兮朱宫。
灵何为兮水中，乘白鼋兮逐文鱼[4]。
与女游兮河之渚，流澌[5]纷兮将来下。
子交手兮东行，送美人兮南浦。
波滔滔兮来迎，鱼鳞鳞兮媵[6]予。

[注释]

1 九河：禹时黄河的九条支流。《尔雅·释水》曰："徒骇、太史、马颊、覆鬴釜、胡苏、简、洁、钩磐、鬲津，九河。"
2 冲风：飓风、暴风。
3 骖（cān）螭：螭龙驾的车。
4 文鱼：带斑纹的鱼。《山海经·中山经》："睢水东注江，其中多文鱼。"注："有斑采也。"
5 流澌：融化的冰块。
6 媵（yìng）：送。

宋　张敦礼　《九歌图》局部

山鬼

《庄子》：山有夔。

《淮南》：山出嘄阳。楚人所祠，岂此类乎？

若有人[1]兮山之阿，被薜荔兮带女萝[2]。
既含睇[3]兮又宜笑，子慕予兮善窈窕。
乘赤豹兮从文狸[4]，辛夷车兮结桂旗。
被石兰兮带杜衡，折芳馨兮遗所思。
余处幽篁[5]兮终不见天，路险难兮独后来。
表[6]独立兮山之上，云容容[7]兮而在下。

[注释]

1 若有人：指山鬼。
2 女萝：菟丝。地衣类植物。
3 含睇（dì）：含情微视。
4 赤豹、文狸：皆奇兽。
5 幽篁：竹林。
6 表：特。
7 容容：形容云气浮动的样子。

杳冥冥兮羌[8]昼晦，东风飘兮神灵雨。
留灵修[9]兮憺忘归，岁既晏[10]兮孰华予。
采三秀[11]兮于山间，石磊磊[12]兮葛[13]蔓蔓。
怨公子兮怅忘归，君思我兮不得闲。
山中人兮芳杜若，饮石泉兮荫松柏。
君思我兮然疑作。
雷填填[14]兮雨冥冥，猿啾啾兮狖[15]夜鸣。
风飒飒兮木萧萧，思公子兮徒离[16]忧。

8 羌：语气助词。
9 灵修：此处指楚怀王。
10 晏：晚。
11 三秀：指灵芝。灵芝每年开三次花，故称"三秀"。
12 磊磊：嶙峋的样子。
13 葛：葛草。
14 填填：形容雷声。
15 狖（yòu）：黑色长尾猿。
16 离：通"罹"。遭受。

宋·张敦礼 《九歌图》局部

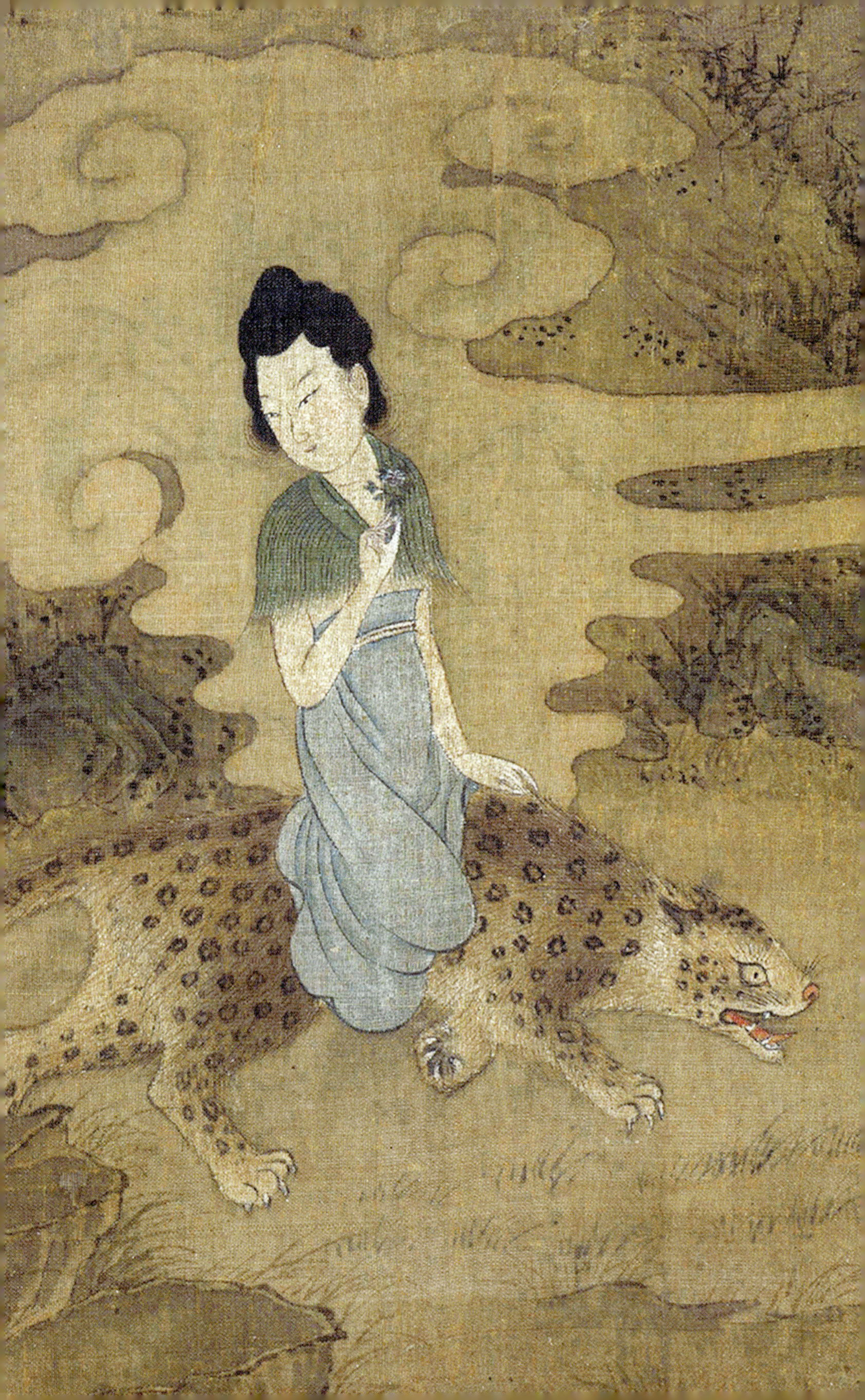

宋　张敦礼　《九歌图》局部

国殇

死于国事者。

《小尔雅》：无主之鬼谓之殇。

操吴戈兮被犀甲[1]，车错毂兮短兵[2]接。
旌蔽日兮敌若云，矢交坠兮士争先。
凌余阵兮躐[3]余行，左骖[4]殪[5]兮右刃伤。
霾[6]两轮兮絷[7]四马，援玉枹兮击鸣鼓。
天时坠兮威灵怒，严[8]杀尽兮弃原野。
出不入兮往不反，平原忽兮路超远。
带长剑兮挟秦弓，首身离兮心不惩。
诚既勇兮又以武，终刚强兮不可凌。
身既死兮神以灵，子魂魄[9]兮为鬼雄。

[注释]

1 犀甲：犀牛皮制成的铠甲。
2 短兵：指刀剑。
3 躐：践踏。
4 骖：古代四匹马的车，两旁的马叫骖，中间的叫服。
5 殪（yì）：死。
6 霾：埋、深陷。
7 絷（zhí）：拴住。
8 严：指壮士、战将。
9 魂魄：指神灵。

宋　张敦礼　《九歌图》局部

礼魂

礼,一作祀。魂,一作冕。
或曰:礼魂,谓之理善终者。

成礼兮会鼓,传芭[1]兮代舞。
姱女倡[2]兮容与。
春兰兮秋菊,长无绝兮终古。

[注释]

1 芭:灵巫所持香草。
2 倡:唱。

佚名 《九歌图》局部

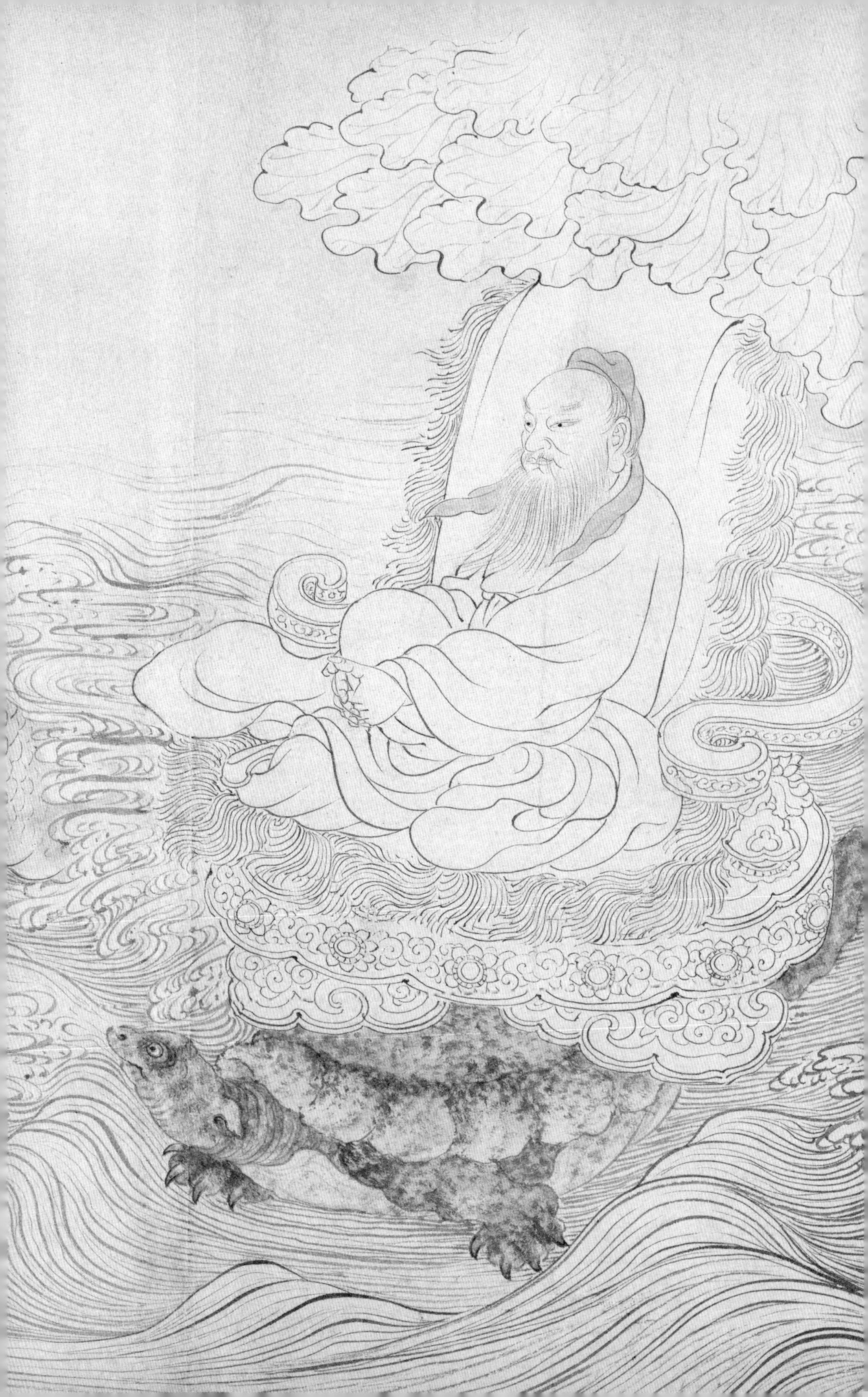

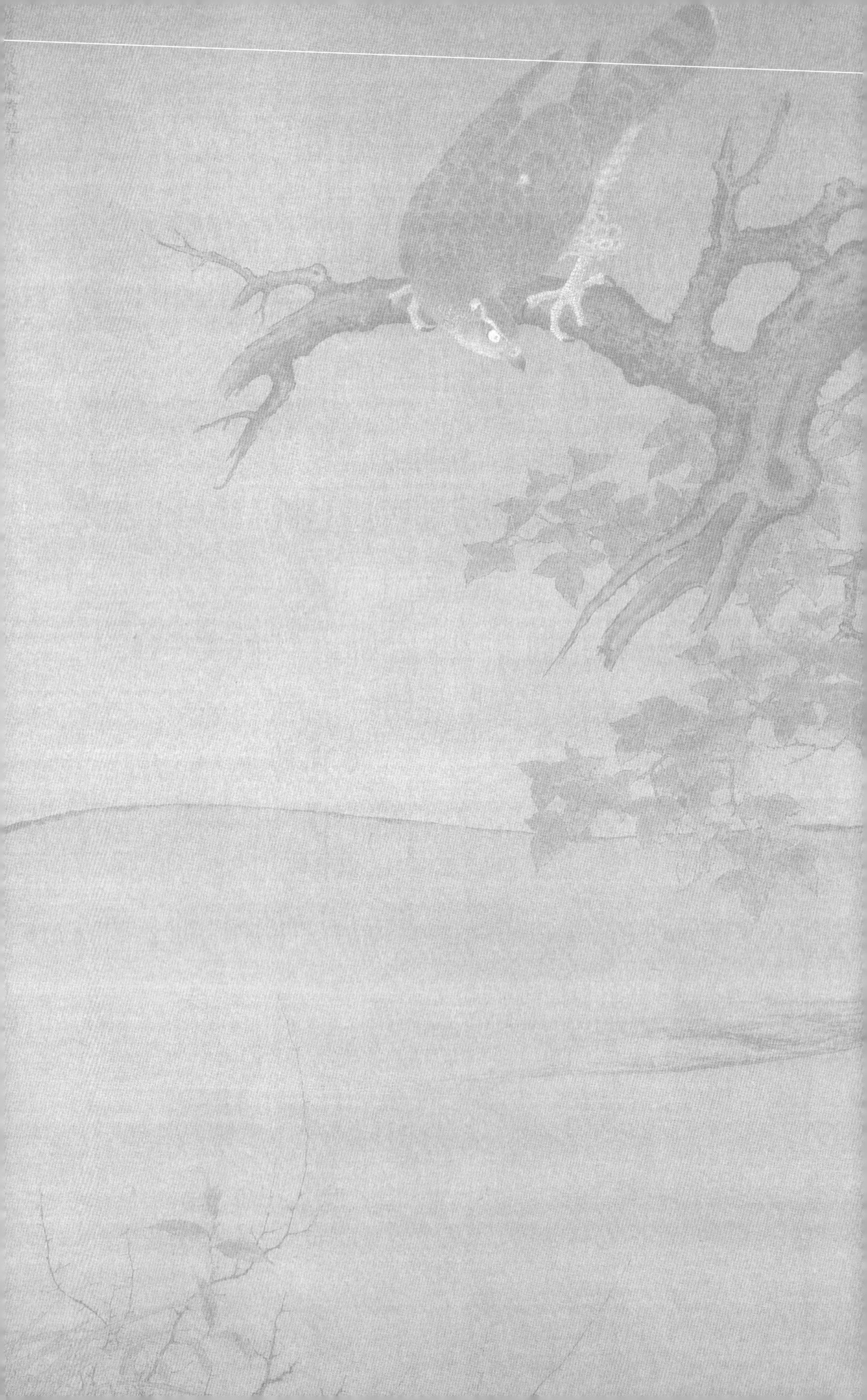

天问

屈原

《天问》者,屈原之所作也。何不言问天?天尊不可问,故曰天问也。屈原放逐,忧心愁悴。彷徨山泽,经历陵陆。嗟号昊旻,仰天叹息。见楚有先王之庙及公卿祠堂,图画天地山川神灵,瑰玮谲诡及古贤圣怪物行事。周流罢倦,休息其下,仰见图画,因书其壁,呵而问之,以泄愤懑,舒泻愁思。楚人哀惜屈原,因共论述,故其文义不次序云尔。

——王逸《楚辞章句》

曰：遂古[1]之初，谁传道之？

上下未形，何由考之？

冥昭[2]瞢暗[3]，谁能极之？

冯翼[4]唯象[5]，何以识之？

明明暗暗，唯时何为？

阴阳三合[6]，何本何化？

圜[7]则九重，孰营度之？

唯兹何功？孰初作之？

斡[8]维焉系？天极焉加？

八柱[9]何当？东南何亏？

九天之际，安放安属[10]？

隅[11]隈[12]多有，谁知其数？

天何所沓[13]？十二[14]焉分？

[注释]

1 遂古：远古。
2 冥昭：昼夜。
3 瞢（méng）暗：昏暗不明的样子。
4 冯（píng）翼：指没有成形的，大气流动的样子。
5 象：形。
6 三合：指天、地、人。
7 圜（yuán）：指天。

8 斡（guǎn）：古同"管"。主管、掌管。此处指日夜周转。
9 八柱：传说有八座大山为支撑天的柱子。
10 属（zhǔ）：相连。
11 隅：角落。
12 隈（wēi）：水流弯曲的地方。
13 沓：合。指天地相合。
14 十二：十二时辰。

日月安属？列星安陈？

出自汤谷，次于蒙汜[15]。

自明及晦，所行几里？

夜光何德，死则又育？

厥利维何，而顾菟[16]在腹？

女岐[17]无合，夫焉取九子？

伯强[18]何处？惠气[19]安在？

何阖而晦？何开而明？

角宿[20]未旦，曜[21]灵安藏？

不任汩鸿[22]，师何以尚之？

佥[23]曰：何忧？何不课[24]而行之？

鸱[25]龟曳衔，鲧何听焉？

---

[15] 蒙汜（sì）：蒙水之边。传说太阳晚上停住的地方。
[16] 顾菟：指玉兔。
[17] 女岐：神女，没有丈夫而生九子。
[18] 伯强：大厉，疫鬼。
[19] 惠气：和气。
[20] 角宿（sù）：二十八宿之一。夜里出现在东方，传说两颗星之间为天门。
[21] 曜（yào）灵：太阳。
[22] 鸿：洪水。
[23] 佥（qiān）：众人。
[24] 课：试试。
[25] 鸱（chī）：一种鸷鸟，猫头鹰之类。

思訓光平前瞻
古振華後小景
紀緣起香光細
評斷萬取爭重
叙來能武倚抑
以便覽觀用備
遠京候室和蒼
堵士南渡隨素主
午仍授官畫史
合作把玩消卞
每題手真蹟十
百玄情己得神
課皖喷絶流
峯個件風生屏
更何頁宥鑒
咆庠雲泥武
螺六鬆貴上山非
飽氣八貢澄制
擻

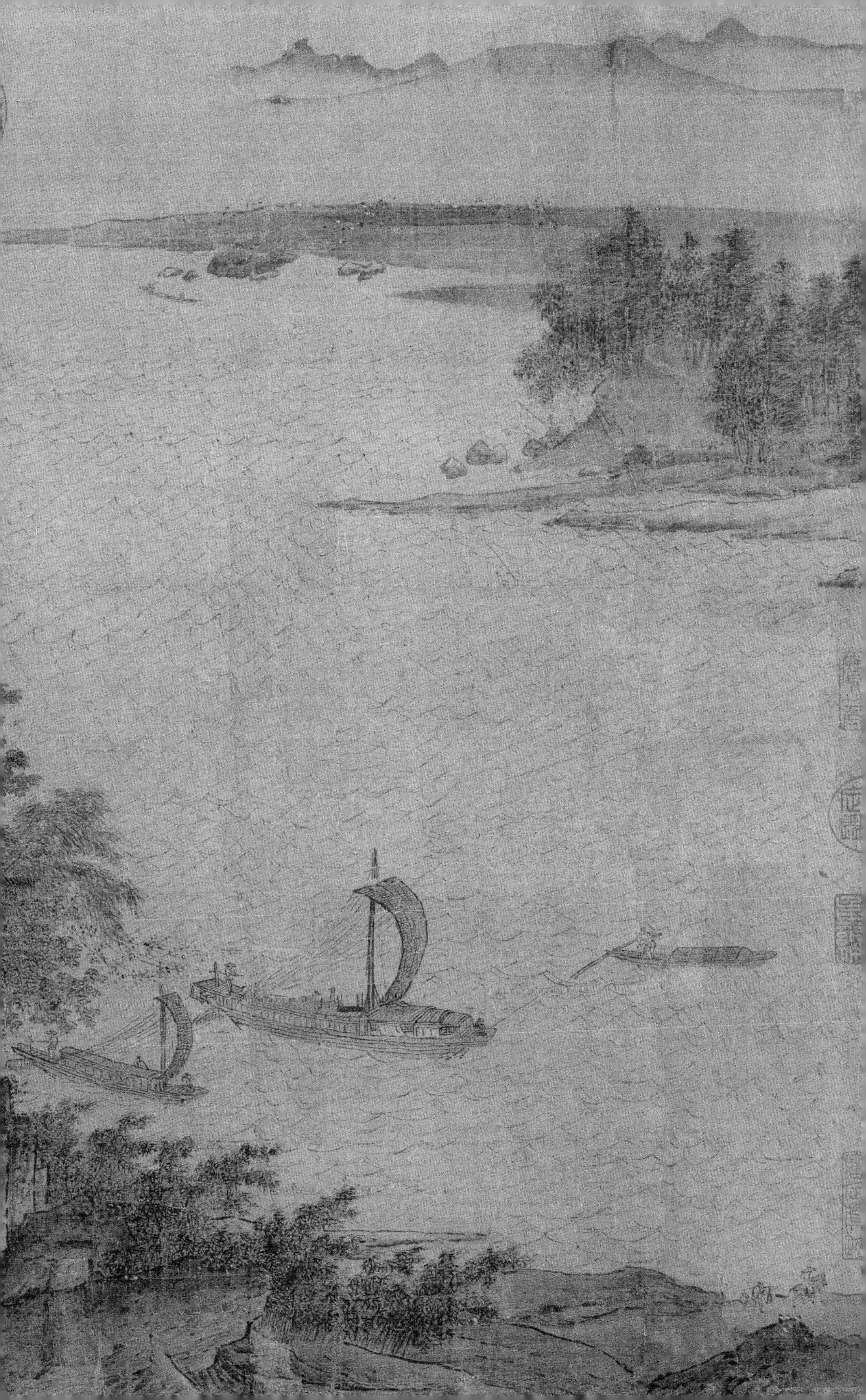

顺欲成功，帝何刑焉？

永遏在羽山，夫何三年不施？

伯禹愎鲧[1]，夫何以变化？

纂[2]就前绪[3]，遂成考功。

何续初继业，而厥谋不同？

洪泉极深，何以寘[4]之？

地方九则[5]，何以坟[6]之？

河海应龙[7]，何尽何历？

鲧何所营？禹何所成？

康回[8]冯怒，墬[9]何故以东南倾？

九州安错？川谷何洿[10]？

东流不溢，孰知其故？

东西南北，其修孰多？

[注释]

1 愎（bì）鲧：指从鲧腹中生出。
2 纂：继续。
3 绪：事业。
4 寘（tián）：同"填"。
5 九则：指九州的土田分上中下九等。
6 坟：划分。
7 应龙：传说中一种有翅膀能飞的龙。应龙曾帮助大禹治水，以尾巴画地"导水所注当决者，因而治之"。
8 康回：共工氏。古代部族的首领，《淮南子》记载：共工与颛顼争帝，不得。怒而触不周山，地柱折。因此天往西北倾，地往东南陷。
9 墬（dì）：古同"地"。
10 洿（wū）：深。

宋　陈容　《九龙图》局部

南北顺㯮[1]，其衍几何？

昆仑县圃，其尻[2]安在？

增城[3]九重，其高几里？

四方之门[4]，其谁从焉？

西北辟启[5]，何气通焉？

日安不到，烛龙[6]何照？

羲和[7]之未扬[8]，若华[9]何光？

何所冬暖？何所夏寒？

焉有石林？何兽能言？

焉有虬龙，负熊以游？

[注释]

[1] 顺㯮：狭长。
[2] 尻（kāo）：指山脊尽处，尾麓。
[3] 增城：地名。传说昆仑虚中有增城九重，高万里有余。
[4] 四方之门：指昆仑山四面的门。
[5] 辟启：打开、敞开。
[6] 烛龙：神话中的神。人面蛇身，红色，身长千里，不食不眠。传说有龙衔火精，以照天门之说。
[7] 羲和：传说中替太阳驾车的神。
[8] 扬：同"阳"。
[9] 若华：若木的花。传说若木生长在日出的地方。

雄虺[10]九首，倏忽焉在？

何所不死？长人[11]何守？

靡蓱[12]九衢[13]，枲华[14]安居？

灵蛇吞象，厥大何如？

黑水[15]玄趾[16]，三危[17]安在？

延年不死，寿何所止？

鲮鱼[18]何所？鬿堆[19]焉处？

羿焉彃[20]日？乌[21]焉解羽？

禹之力献功，降省下土四方。

焉得彼涂山女[22]，而通之于台桑[23]？

[10] 雄虺（huǐ）：古书上一身九头的毒蛇，其速度如电光。
[11] 长人：长狄，防风氏也。《春秋》中记载：禹会诸侯于涂山，防风氏最后才到。于是禹让其守封嵎山。
[12] 蓱：同"萍"。水中浮萍。
[13] 九衢：纵横交叉的道路。
[14] 枲（xǐ）华：枲麻的花。
[15] 黑水：水名。传说从昆仑山流出，至三危山，汇入南海。
[16] 玄趾：山名。一说为黑水中的岛名。
[17] 三危：山名。黑水从其南面流过。《尚书·禹贡》载："导黑水，至于三危，入于南海。"
[18] 鲮（líng）鱼：陵鱼。传说中的一种怪鱼。《山海经·海内北经》载："陵鱼人面、手足、鱼身。"
[19] 堆：同"隹（zhuī）"。雀。鬿（qí）堆：鬿雀。传说中的一种怪鸟。《山海经·东山经》载："北号之山，有鸟焉，其状如鸡而白首，鼠足而虎爪，其名曰鬿雀，亦食人。"
[20] 彃（bì）：射。
[21] 乌：三足乌。传说太阳中有一只三足乌。
[22] 涂（tú）：同"塗"。涂山女：指塗山之女娇。《史记》记载："（禹）辛壬娶塗山，癸甲生启。"后来江淮两地有辛壬、癸甲为嫁娶吉日的风俗。
[23] 台桑：地名。在塗山主峰的南坡。

黄河逆流

宋　马远　《水图》局部

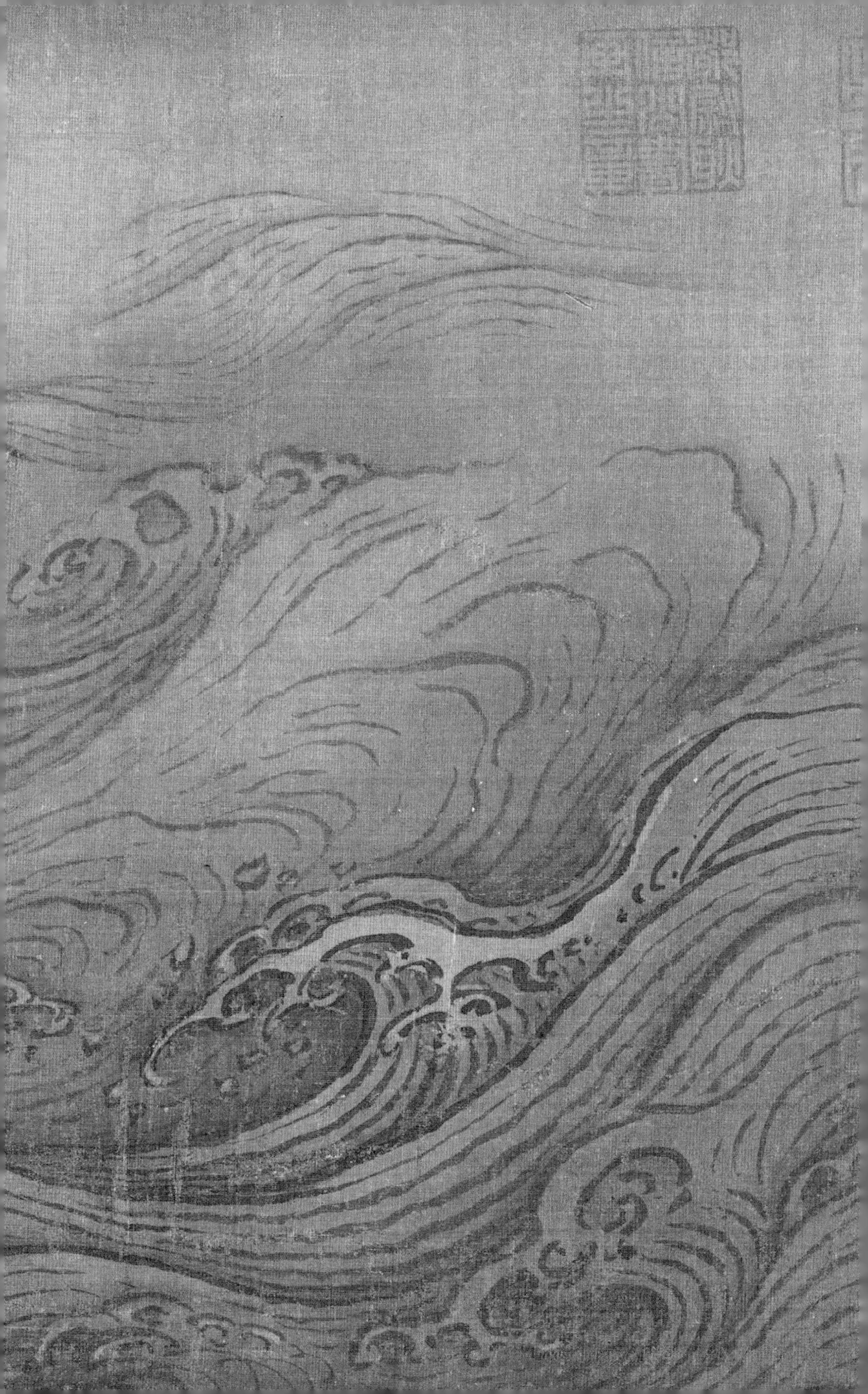

宋 佚名 《洛神赋图》局部

闵[1]妃匹合，厥身是继。

胡维[2]嗜不同味，而快鼌饱[3]？

启代益[4]作后，卒然[5]离蠥[6]。

何启唯忧，而能拘是达？

皆归射鞫[7]，而无害厥躬。

何后益作[8]革，而禹播降[9]？

启棘[10]宾商，《九辩》《九歌》。

何勤子屠母[11]，而死分竟地[12]？

帝降夷羿，革孽夏民[13]。

胡射夫河伯，而妻彼雒嫔[14]？

冯珧[15]利决[16]，封狶[17]是射。

[注释]

1 闵：担忧。
2 胡维：为什么。
3 鼌饱：一朝饱食。喻一时之快。王逸《章句》："禹治水道娶者，忧无继嗣耳。何特与众人同嗜欲，苟欲饱快一朝之情乎？"指禹新婚三天就离开妻子去治水，不贪图男欢女爱。
4 益：禹的贤臣。禹曾选其继承帝位。
5 卒：同"猝"。突然。
6 离蠥（niè）：遭难。
7 射鞫（jū）：泛指武器。
8 作：国运。此处指国家的统治权。
9 播降：指繁衍昌盛。
10 棘（jí）：急。
11 子屠母：传说塗山之女化为石头，石头裂开后生启，其母的身体散落荒野，所以有了屠母之说。
12 竟地：抛在各地。
13 孽夏民：为夏的百姓担忧。
14 雒（luò）嫔：宓妃，黄河之神河伯的配偶，司掌洛河的地方水神。《洛神赋》中就有宓妃的形象。
15 珧（yáo）：弓。
16 决：套在右手大拇指上，用来钩弓弦的扳指。通常为玉或兽骨制成。
17 封狶：神兽。一说是大野猪。

元 赵雍 《挟弹游骑图》局部

何献蒸[1]肉之膏，而后帝不若？

浞娶纯狐[2]，眩妻爰谋。

何羿之射革[3]，而交吞揆之？

阻穷西征[4]，岩何越焉？

化为黄熊，巫何活焉？

咸播秬黍[5]，莆[6]雚[7]是营。

何由并投[8]，而鲧疾修盈[9]？

白蜺[10]婴[11]茀[12]，胡为此堂？

安得夫良药，不能固臧？

天式从横，阳离爰死。

大鸟[13]何鸣，夫焉丧厥体？

[注释]

1 蒸：冬祭。
2 纯狐：羿的妻子。寒浞与其私通，合谋杀死羿，篡位。
3 射革：传说羿大力，能射穿七层皮革。
4 西征：自西向东行。王逸《章句》："尧放鲧羽山，西行度越岑岩之险，因堕死也。"其神化身为黄熊，消失在羽山深处。
5 秬（jù）黍：黑小米。泛指五谷。
6 莆（pú）：即"蒲"，水草。
7 雚（huán）：同"萑（huán）"。草名。
8 并投：一起放逐，传说与鲧一起被放逐的还有共工、骥兜、三苗。
9 修盈：指鲧的罪行非常多。
10 白蜺（ní）：嫦娥化为白蜺，绕在堂上，偷走了长生不老药。
11 婴：系在脖子上。此处指嫦娥将偷的长生不老药挂在脖子上。
12 茀（fú）：逶迤的样子。
13 大鸟：指王子侨尸体变成的大鸟。王逸《章句》："崔文子取王子侨之尸，置之室中，覆之以弊筐，须臾则化为大鸟而鸣，开而视之，翻飞而去。文子焉能亡子侨之身乎？言仙人不可杀也。"

萍[1]号起雨，何以兴之？

撰体协胁[2]，鹿何膺之？

鳌戴山抃[3]，何以安之？

释舟陵行，何之迁[4]之？

唯浇在户，何求于嫂[5]？

何少康逐犬，而颠陨厥首？

女歧缝裳，而馆同[6]爰止。

何颠易厥首，而亲以逢殆？

汤谋易旅[7]，何以厚之？

覆舟斟寻[8]，何道取之？

桀伐蒙山，何所得焉？

[注释]

[1] 萍：萍翳，雨师的名字。
[2] 胁：指鹿的两肋出生翅膀而现出鸟形。风神飞廉为鹿身，雀头，有角，能生风。
[3] 抃（biàn）：拍手。指手舞足蹈。《列仙传》："有巨灵之鳌，背负蓬莱之山而抃舞，戏苍海之中。独何以安之乎？"
[4] 迁：移走。《列子·汤问》载："龙伯之国有大人，一钓而连六鳌，合负而趣归其国。"
[5] 嫂：浇的嫂子女歧。王逸《章句》："浇无义，淫佚其嫂，往至其户，佯有所求，因与行淫乱也。"
[6] 馆同：奸同、私通。
[7] 易旅：使夏众追随自己。
[8] 斟寻：夏的同姓诸侯国。

妹嬉[9]何肆，汤何殛[10]焉？

舜闵在家，父何以鳏？
尧不姚[11]告，二女[12]何亲？
厥萌在初，何所亿[13]焉？
璜台十成[14]，谁所极焉？
登立为帝，孰道尚之？
女娲有体，孰制匠之？
舜服厥弟，终然为害。
何肆犬体，而厥身不危败？
吴[15]获迄古[16]，南岳[17]是止[18]。

9 妹嬉（mòxī）：夏桀的元妃，后被抛弃。后来和汤的谋臣伊尹共谋，灭了夏桀。
10 殛（jí）：流放。
11 姚：舜的姓。此处指舜的父亲瞽叟。
12 二女：尧的两个女儿娥皇、女英。
13 亿：一作"意"，预料。
14 成：层。
15 吴：古吴国。在今江苏、浙江一带。

16 古：古公亶父。《史记·周本纪》载：古公有长子太伯，次虞仲，少子季历。季历娶太任，皆贤妇人，生昌，有圣瑞。古公曰："我世当有兴者，其在昌乎？"太伯、虞仲得知古公打算立季历以传昌，二人亡如荆蛮，文身断发，以让季历。
17 南岳：霍山。
18 止：居。

宋　佚名　《洛神赋图》局部

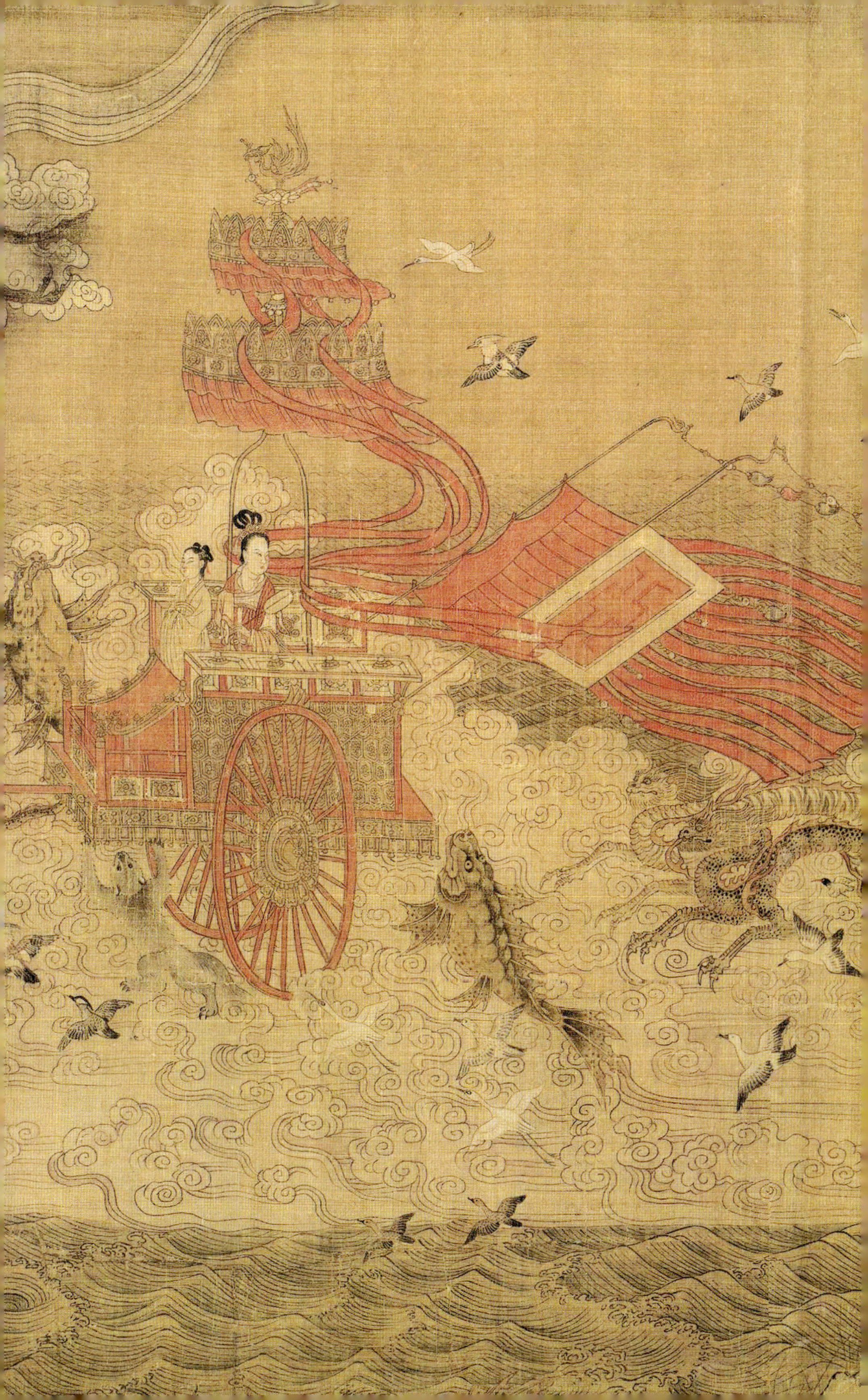

孰期去斯，得两男子[1]？

缘鹄[2]饰玉，后帝是飨。

何承谋夏桀，终以灭丧？

帝乃降观，下逢伊挚[3]。

何条[4]放致罚，而黎服大说[5]？

简狄在台，喾何宜？

玄鸟[6]致贻[7]，女何喜？

该[8]秉季[9]德，厥父是臧[10]。

胡终弊[11]于有扈，牧夫牛羊？

干[12]协时舞，何以怀之？

平胁曼肤，何以肥之？

有扈牧竖[13]，云何而逢？

[注释]

1 两男子：指太伯、虞仲。
2 鹄（hú）：此处指天鹅的纹饰。
3 伊挚：伊尹。挚是伊尹的名。
4 条：地名。鸣条。商汤流放夏桀的地方。
5 说：同"悦"。高兴。
6 玄鸟：此处指燕子。
7 贻：送礼物。此处指燕子送给简狄其卵。简狄高兴地吃了，后生下子契。
8 该：指王亥，契的六世孙。
9 季：指王亥的父亲，冥。
10 臧：善。
11 弊：通"庇"。寄居，指王亥寄居有易国。
12 干：执干。拿着盾。
13 牧竖：放牧的人。此处指王亥。

宋　佚名　《百花图》局部

汤出重泉[9]，夫何辠尤[10]？
不胜心伐帝，夫谁使挑之？

会鼌争盟，何践吾期？
苍鸟[11]群飞，孰使萃之？
到[12]击纣躬，叔旦[13]不嘉。
何亲揆发[14]足，周之命以咨嗟？
授殷天下，其位安施？
反[15]成乃亡，其罪伊何？
争遣伐器[16]，何以行之？
并驱击翼，何以将之？

9 重泉：地名。夏桀囚禁汤的地方。
10 辠（zuì）：古"罪"字。辠尤：罪过。
11 苍鸟：鹰。喻伐纣的将士勇猛如苍鹰。
12 到：分解、肢解。
13 叔旦：指周公旦。周武王的弟弟，也称叔旦。
14 发：武王的名。
15 反：一作"及"，等到。
16 伐器：攻伐之器。指军队、武器。

击床先出，其命何从？

恒[1]秉季德，焉得夫朴牛[2]？

何往营班[3]禄，不但还来？

昏微[4]遵迹，有狄不宁。

何繁鸟萃棘，负子肆情？

眩弟并淫，危害厥兄。

何变化以作诈，后嗣而逢长？

成汤东巡，有莘[5]爰极。

何乞彼小臣[6]，而吉妃[7]是得？

水滨之木[8]，得彼小子。

夫何恶之，媵有莘之妇？

[注释]

[1] 恒：王恒，王亥之弟。
[2] 朴牛：即服牛，可以服役的牛。
[3] 班：官位。
[4] 昏微：王亥的儿子上甲微。姓子，名微，字上甲。借河伯兵攻打有易，杀了有易国王绵臣。
[5] 有莘：国名。
[6] 小臣：指伊尹。
[7] 吉妃：有莘氏之女，吉善之妃。《吕氏春秋·本味》记载，汤向有莘国乞要奴隶伊尹，有莘国不给。于是请求有莘国君把女儿嫁给他，有莘国君把伊尹作为陪嫁，一并送给了汤。
[8] 木：桑树。指伊尹的母亲在伊水边变为桑树，生下伊尹。有莘国有女子采桑，在空心的桑树中看到伊尹，把他献给国君。

宋·赵伯驹 《蓬莱仙馆图》局部

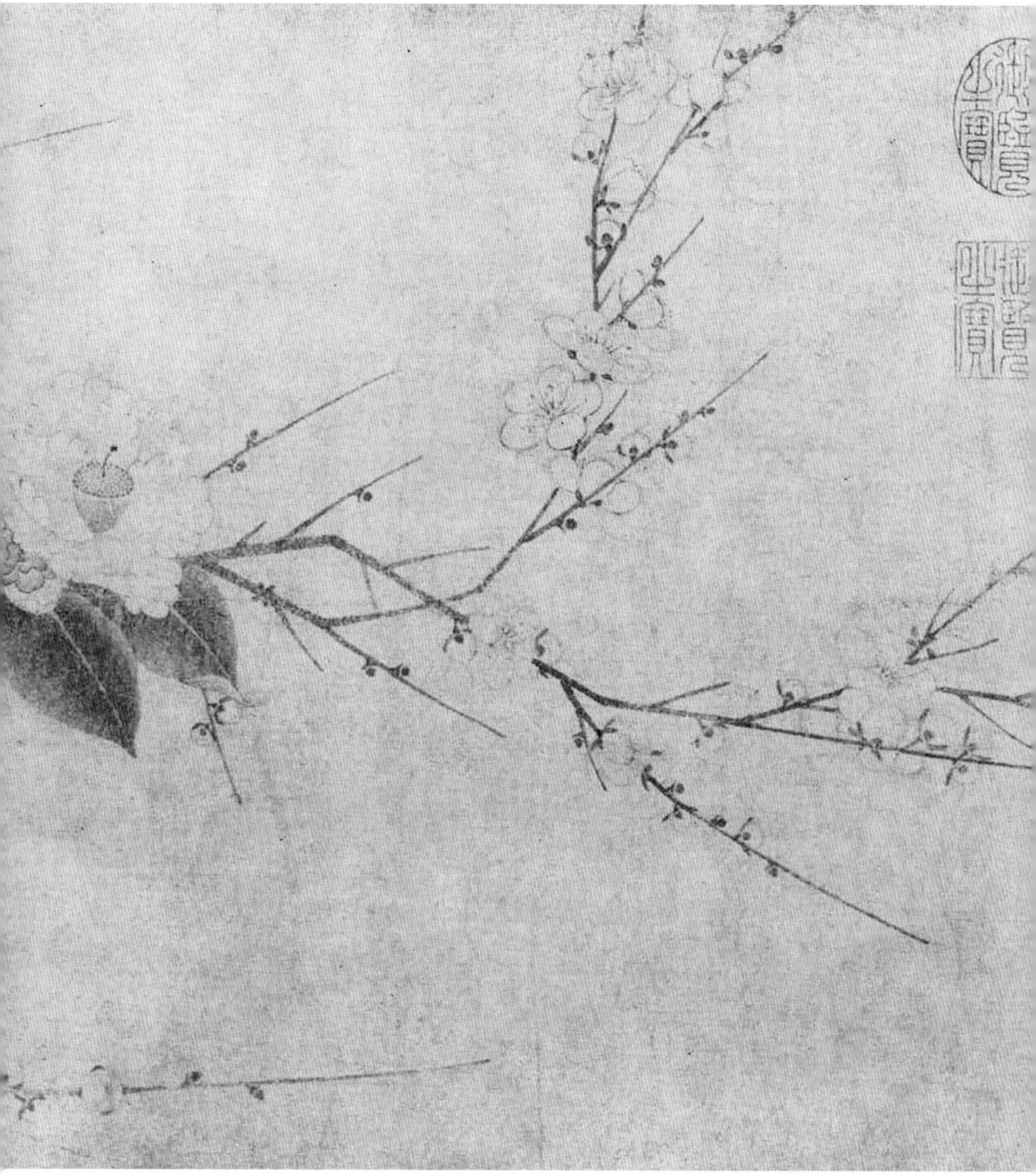

昭[1]后成游，南土爰底。

厥利唯何，逢彼白雉[2]？

穆王巧梅[3]，夫何为周流？

环理[4]天下，夫何索求？

妖夫曳炫[5]，何号于市？

周幽谁诛，焉得夫褒姒？

天命反侧，何罚何佑？

齐桓九会[6]，卒然身杀。

彼王纣之躬，孰使乱惑？

何恶辅弼，谗谄是服？

比干何逆，而抑沉[7]之？

[注释]

[1] 昭：周昭王。周成王的孙子，南巡渡汉水时，溺水而死。
[2] 白雉：白色野鸡。《后汉书》记载："交趾之南，有越裳国，周公居摄，越裳国重译而献白雉。"昭王德衰，越裳国不再献白雉，昭王打算亲自往迎取之。
[3] 梅：贪婪。
[4] 环理：周游。
[5] 炫：边走边卖。
[6] 九会：九次召集诸侯会盟。
[7] 抑沉：情绪低落，抑郁不得志。

元 边鲁 《起居平安图》局部

雷开[1]阿顺,而赐封之?

何圣人之一德,卒其异方?

梅伯[2]受醢,箕子[3]详狂?

稷[4]维元子,帝何竺[5]之?

投之于冰上,鸟何燠[6]之?

何冯弓挟矢,殊能将之?

既惊帝切激,何逢长之?

伯昌号衰,秉鞭作牧[7]。

何令彻彼岐[8]社[9],命有殷国?

迁藏就岐,何能依?

殷有惑妇,何所讥[10]?

[注释]

1 雷开:奸佞之人。此处指纣的臣子。
2 梅伯:纣的诸侯。忠贞耿直,强谏纣。被纣剁成肉酱。
3 箕子:纣的叔父。纣挖了比干之心,箕子见后大惧,假装疯了。纣将他囚禁了起来。
4 稷:后稷,名弃。周的始祖。传说其母姜嫄是帝喾的元妃,因踩着帝的脚印而受孕,生稷。
5 竺:厚待。
6 燠(yù):温暖。
7 秉鞭作牧:秉持朝政。
8 岐:地名。周的国都。今陕西岐山县东北。
9 社:土地庙。
10 讥:呵察,盘问。

元　王渊　《桃竹锦鸡图》局部

受赐兹醢,西伯上告。

何亲就上帝罚,殷之命以不救?

师望[1]在肆[2],昌何识?

鼓刀扬声[3],后何喜?

武发杀殷,何所悒[4]?

载尸[5]集战,何所急?

伯林雉经[6],维其何故?

何感天抑墜[7],夫谁畏惧?

皇天集命,唯何戒之?

受礼天下,又使至代之?

初汤臣挚[8],后兹承辅。

[注释]

[1] 师望:指太公吕望,即姜太公。
[2] 肆:肉铺。
[3] 扬声:大声说话。指吕望高声对文王说"下屠屠牛,上屠屠国"。
[4] 悒(yì):忧愁、不安。
[5] 尸:指周文王的灵牌。
[6] 雉经:缢死。
[7] 感天抑墜:感动天地。
[8] 挚:汤的臣子伊尹。

何卒官汤，尊食宗绪？

勋阖[9]梦生[10]，少离散亡。

何壮武历，能流厥严？

彭铿[11]斟雉，帝何飨？

受寿永多，夫何久长？

中央共牧[12]，后何怒？

蜂蛾[13]微命，力何固？

惊女采薇[14]，鹿[15]何佑？

北至回水[16]，萃何喜？

兄有噬犬，弟何欲？

易之以百两，卒无禄？

---

9 阖：春秋时期吴王阖闾。
10 生：同"姓"。孙子。
11 彭铿：彭祖，先秦道家的先驱之一。传说他活了八百岁。王逸《章句》："彭祖好和滋味，善斟雉羹。彭祖进雉羹于尧，尧飨食之以寿考。彭祖至八百岁，犹自悔不寿，恨枕高而唾远也。"
12 牧：治理。
13 蜂、蛾：指团结的小动物。
14 惊女采薇：指女惊采薇的故事。引《古史考》记载："伯夷、叔齐……隐于首阳山，采薇而食之。野有妇人谓之曰：'子义不食周粟，此亦周之草木也。'于是饿死。"宁死不食周食的伯夷、叔齐，成为忠贞和气节的代表，南宋画家李唐曾以此为题材绘制《采薇图》。
15 鹿：白鹿。伯夷、叔齐弃薇不食后，有白鹿以乳相喂。
16 回水：指首阳山附近的雷水。

宋　李唐　《采薇图》局部

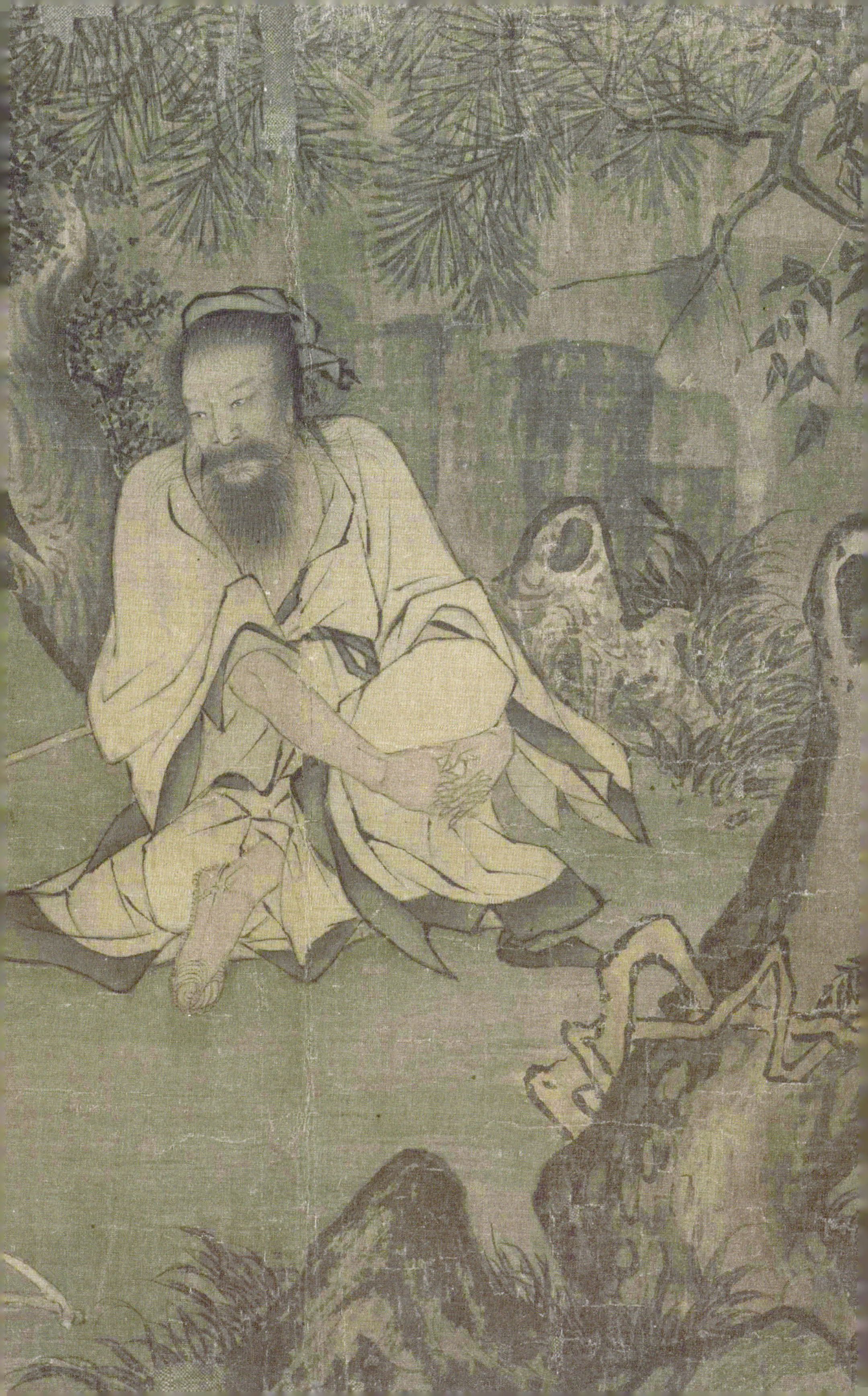

薄暮雷电，归何忧？

厥严[1]不奉，帝何求？

伏匿穴处，爰何云？

荆[2]勋作师，夫何长？

悟过改更，我又何言？

吴光争国，久余[3]是胜。

何环穿自闾社丘陵[4]，爰出子文[5]？

吾告堵敖[6]以不长。

何试上自予，忠名弥彰？

[注释]

1 厥严：国家威严。
2 荆：楚国。
3 余：指楚国。
4 闾（lú）社丘陵：指私会的地方。
5 子文：楚令尹。贤人。子文的母亲是鄀公的女儿，经常穿过闾社，通于丘陵以淫，私通而生子文。
6 堵敖：熊艰，楚文王的儿子，继文王之位为楚国的君主。在位仅五年，欲杀其弟熊恽。恽逃脱后，杀死哥哥自立为王，就是楚成王。

宋　赵伯驹　《仙山楼阁图》局部

元 钱选 《山居图》局部

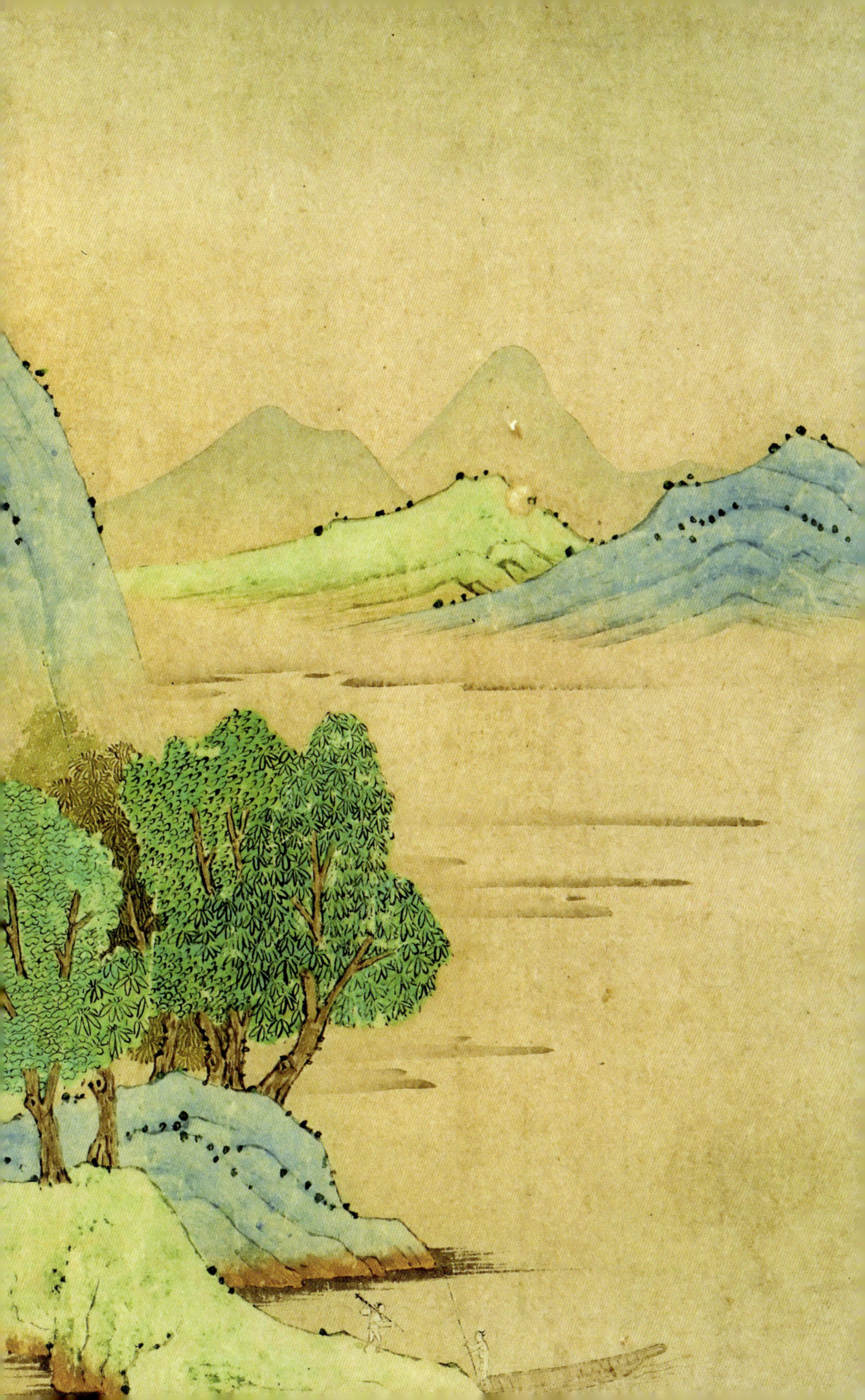

九章

屈原

《九章》者，屈原之所作也。屈原放于江南之野，思君念国，忧心罔极，故复作《九章》。章者，著也，明也。言己所陈忠信之道，甚著明也。卒不见纳，委命自沉。楚人惜而哀之，世论其词，以相传焉。

——王逸《楚辞章句》

元　倪瓒　《古木幽篁图》局部

惜诵

惜[1]诵以致愍[2]兮，发愤以抒情。
所作忠而言之兮，指苍天以为正。
令五帝[3]使折中兮，戒六神[4]与向服。
俾[5]山川以备御兮，命咎繇[6]使听直。
竭忠诚以事君兮，反离群而赘肬[7]。
忘儇[8]媚以背众兮，待明君其知之。
言与行其可迹兮，情与貌其不变。
故相臣莫若君兮，所以证之不远。
吾谊先君而后身兮，羌众人之所仇。
专唯君而无他兮，又众兆之所雠[9]。

[注释]

1 惜：贪恋。
2 愍（mǐn）：忧患、痛心。
3 五帝：五方神灵。不同史料记载五帝说法不一。《吕氏春秋》中五帝，指太昊、炎帝、黄帝、少昊、颛顼。
4 六神：上下四方之神。孔子曰："所宗者六：埋少牢于太昭，祭时也；祖迎于坎壇，祭寒暑也；主于郊宫，祭日也；夜明，祭月也；幽荥，祭星也；雩荥，祭水旱也。礼于六宗，此之谓也。"
5 俾：使。
6 咎繇：皋陶。姓偃。舜之贤臣，掌管刑狱。与尧、舜、禹共为"上古四圣"。
7 赘肬：指多余之物。
8 儇（xuān）：奸诈。
9 雠（chóu）：交怨。

壹心而不豫兮，羌无可保也。

疾亲君而无他兮，有招祸之道也。

思君其莫我忠兮，忽忘身之贱贫。

事君而不贰兮，迷不知宠之门。

忠何罪以遇罚兮，亦非余之所志也。

行不群以巅越[1]兮，又众兆之所咍[2]。

纷逢尤以离谤兮，謇[3]不可释。

情沉抑而不达兮，又蔽而莫之白[4]。

心郁邑余侘傺兮，又莫察余之中情。

固烦言不可结而诒兮，愿陈志而无路。

退静默而莫余知兮，进号呼又莫吾闻。

[注释]

1 巅越：陨落。
2 咍（hāi）：耻笑、讥讽。
3 謇：语气助词。
4 白：表达。

申侘傺之烦惑兮，中闷瞀[5]之忳忳。

昔余梦登天兮，魂中道而无杭[6]。
吾使厉神[7]占之兮，曰有志极而无旁[8]。
终危独以离异兮，曰君可思而不可恃。
故众口其铄金兮，初若是而逢殆。
惩于羹者而吹齑[9]兮，何不变此志也？
欲释阶而登天兮，犹有曩[10]之态也。
众骇遽以离心兮，又何以为此伴也？
同极[11]而异路兮，又何以为此援也？
晋申生[12]之孝子兮，父信谗而不好。
行婞[13]直而不豫[14]兮，鲧功用而不就。

5 闷瞀（mào）：心胸闷乱，眼目昏花。
6 杭：渡船。
7 厉神：主杀伐的神。
8 旁：同"傍"。相帮的人。
9 齑：姜蒜末。
10 曩（nǎng）：从前。
11 同极：共同事君。
12 申生：晋献公太子。慈孝之人。献公娶后妻骊姬，生子奚齐，骊姬欲废申生而立奚齐。申生祭其母于曲沃，归将祭祀其母的肉献给献公。骊姬在酒肉中投毒并说：肉从外来，不可以信任。就将酒赐给小臣，肉喂了狗，皆毙。姬乃泣曰：贼由太子。献公不信申生，申生不得已选择了自杀。
13 婞：很。
14 豫：懈怠。

元 吴镇 《芦滩钓艇图》局部

歸欸掛蘆渚不羨鱸魚

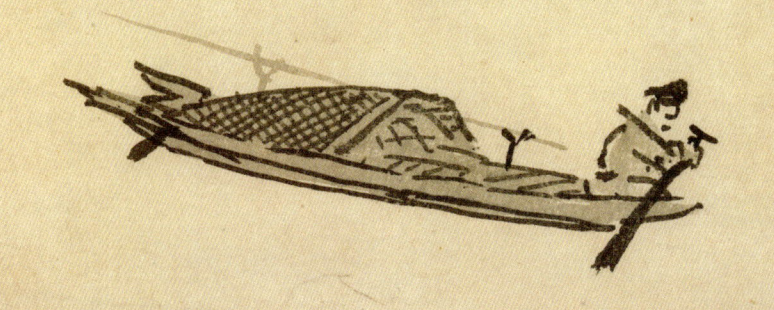

元 倪瓚 《幽澗寒松圖》局部

吾闻作忠以造怨兮，忽谓之过言。

九折臂[1]而成医兮，吾至今而知其信然。

矰弋[2]机而在上兮，罻罗[3]张而在下。

设张辟以娱君兮，愿侧身而无所。

欲儃佪以干[4]傺[5]兮，恐重患而离尤。

欲高飞而远集兮，君罔谓汝何之？

欲横奔而失路兮，志坚而不忍。

背膺牉[6]以交痛兮，心郁结而纡轸[7]。

捣木兰以矫[8]蕙兮，糳[9]申椒以为粮。

播江离与滋[10]菊兮，愿春日以为糗[11]芳。

恐情质之不信兮，故重著以自明。

矫兹媚以私处兮，愿曾思而远身。

[注释]

1 九折臂：多次折伤手臂。
2 矰弋：射箭。
3 罻（wèi）罗：比喻法网。
4 干：求。
5 傺：留在君王身旁。
6 牉（pàn）：分开。
7 纡轸：委屈而隐痛。
8 矫：绞碎。
9 糳（zuò）：舂碎。
10 滋：栽种。
11 糗（qiǔ）：干粮。

宋　郭熙　《树色平远图》局部

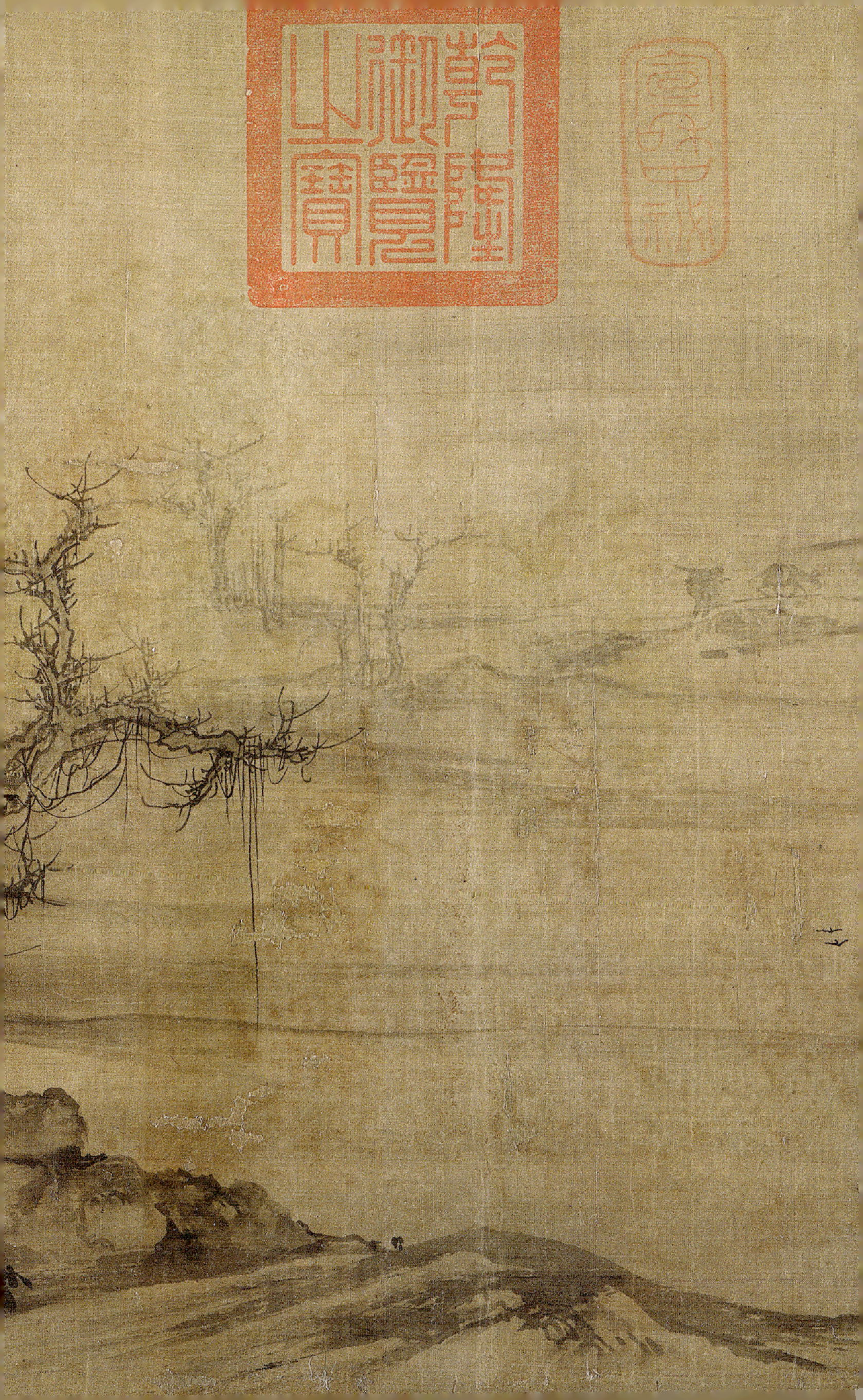
乾隆御覽之寶

宋　马远　《山径春行图》局部

涉江

余幼好此奇服兮,年既老而不衰。

带长铗[1]之陆离兮,冠切云[2]之崔嵬[3]。

被明月兮佩宝璐。

世混浊而莫余知兮,吾方高驰而不顾。

驾青虬兮骖白螭,吾与重华游兮瑶之圃。

登昆仑兮食玉英,与天地兮同寿,与日月兮同光。

哀南夷之莫吾知兮,旦余济乎江湘。

[注释]

[1] 长铗:长剑。
[2] 切云:高冠名。
[3] 崔嵬:高的样子。

乘鄂渚[1]而反顾兮，欸秋冬之绪风。

步余马兮山皋，邸余车兮方林[2]。

乘舲船[3]余上沅兮，齐吴榜[4]以击汰[5]。

船容与而不进兮，淹回水而疑滞。

朝发枉渚[6]兮，夕宿辰阳[7]。

苟余心其端直兮，虽僻远之何伤！

入溆浦[8]余儃佪兮，迷不知吾所如。

深林杳以冥冥兮，猿狖之所居。

山峻高以蔽日兮，下幽晦以多雨。

霰雪纷其无垠兮，云霏霏而承宇。

哀吾生之无乐兮，幽独处乎山中。

吾不能变心而从俗兮，固将愁苦而终穷。

[注释]

[1] 鄂渚：地名。指鄂州，在湖北武昌西。相传楚子熊渠，封中子红于鄂。
[2] 方林：地名。
[3] 舲（líng）船：有窗户的小船。
[4] 吴榜：大棹，划船的工具。
[5] 击汰：拍击水波。
[6] 枉渚：地名。今湖南常德西。
[7] 辰阳：地名。今湖南辰溪西。
[8] 溆（xù）浦：地名。溆水之滨。今湖南溆浦县。

宋　马远　《雪滩双鹭图》局部

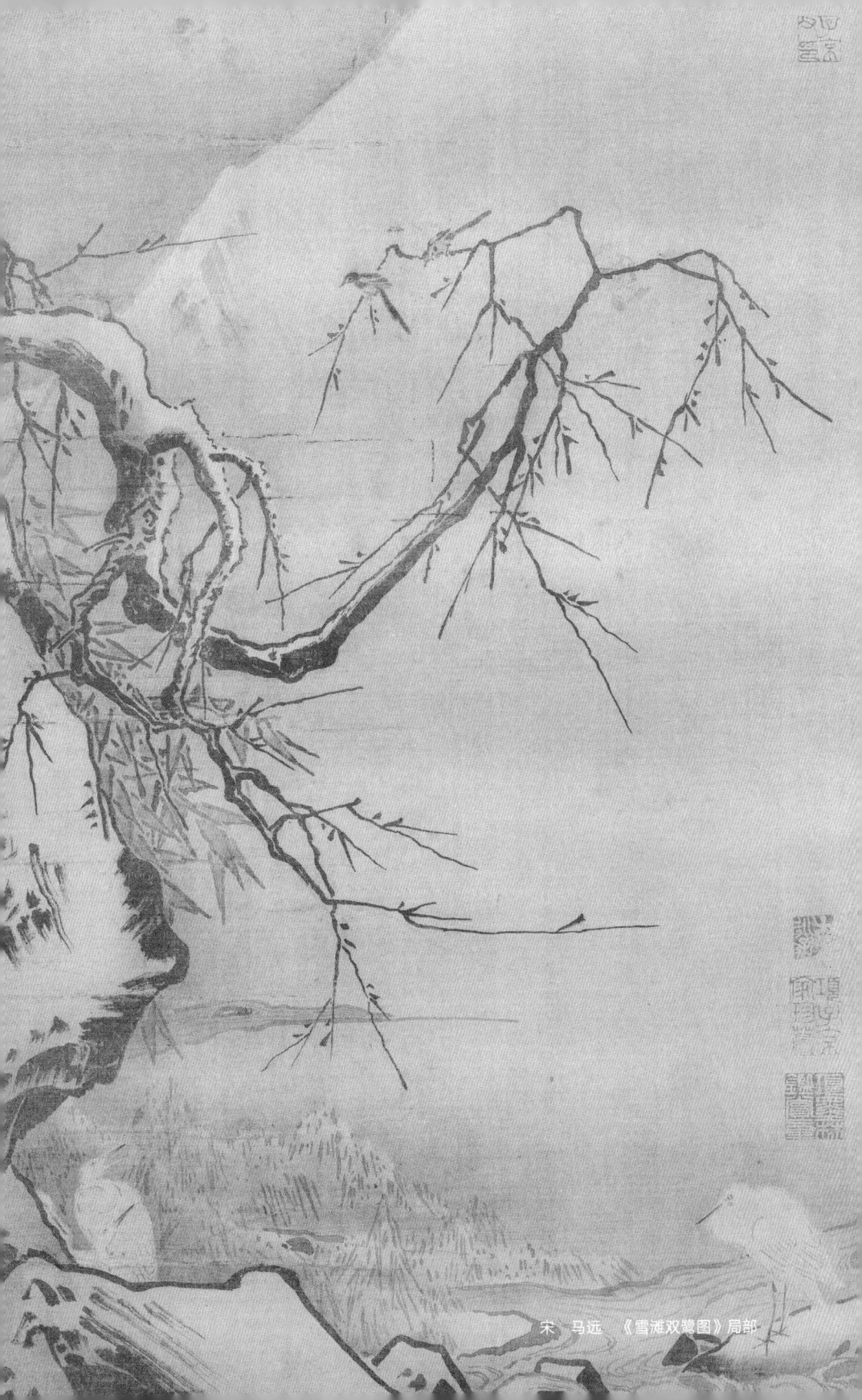

接舆[1]髡首兮，桑扈[2]臝行。

忠不必用兮，贤不必以。

伍子逢殃兮，比干菹醢。

与前世而皆然兮，吾又何怨乎今之人！

余将董[3]道而不豫兮，固将重昏[4]而终身！

乱曰：鸾鸟凤皇，日以远兮。

燕雀乌鹊，巢堂坛[5]兮。

露申[6]辛夷，死林薄[7]兮。

腥臊并御，芳不得薄[8]兮。

阴阳易位，时不当兮。

怀信侘傺，忽乎吾将行兮！

[注释]

1 接舆：春秋时楚国有名的隐士。姓陆，名通，字接舆。因不满时政，剪发佯狂不仕，故有"楚狂接舆"之称。
2 桑扈：隐士。
3 董：正。
4 重昏：指思绪非常混乱。
5 堂坛：宫殿、庙堂。
6 露申：香木名。即申椒。
7 薄（bó）：草木交错的样子。
8 薄：同"迫"。靠近。

宋　佚名　《桃枝栖雀图》

哀郢

皇天之不纯命兮,何百姓之震愆[1]?
民离散而相失兮,方仲春而东迁。
去故乡而就远兮,遵江夏[2]以流亡。
出国门而轸怀兮,甲之朝吾以行。
发郢都而去闾兮,怊[3]荒忽其焉极?
楫齐扬以容与兮,哀见君而不再得。
望长楸[4]而太息兮,涕淫淫其若霰。
过夏首[5]而西浮兮,顾龙门[6]而不见。
心婵媛而伤怀兮,眇不知其所蹠[7]。

[注释]

1 愆(qiān):遭罪。王逸注:"言皇天不纯一其施,则万物夭伤;人君不纯一其政,则百姓震动以触罪也。"
2 江夏:水名。应劭注:沔水自江别至南郡华容为夏水,过郡入江,故曰江夏。
3 怊(chāo):悲痛。
4 楸:指郢都梓树。
5 夏首:夏水的水口处。
6 龙门:指郢都的东城门。
7 蹠(zhí):践踏。

顺风波以从流兮，焉洋洋[8]而为客。
凌[9]阳侯[10]之氾滥兮，忽翱翔之焉薄[11]。
心絓结[12]而不解兮，思蹇产[13]而不释。
将运舟而下浮兮，上洞庭而下江。
去终古之所居兮，今逍遥而来东。

羌灵魂之欲归兮，何须臾而忘反。
背夏浦而西思兮，哀故都之日远。
登大坟[14]以远望兮，聊以舒吾忧心。

8 洋洋：飘泊的样子。
9 凌：乘。
10 阳侯：古代传说中的波涛之神。
11 薄：止。
12 絓（guà）结：心中郁结。
13 蹇产：亦作"蹇嵼"。指思绪郁结，不顺畅。
14 坟（bēn）：大防、高地。

宋　马和之　《赤壁后游图》局部

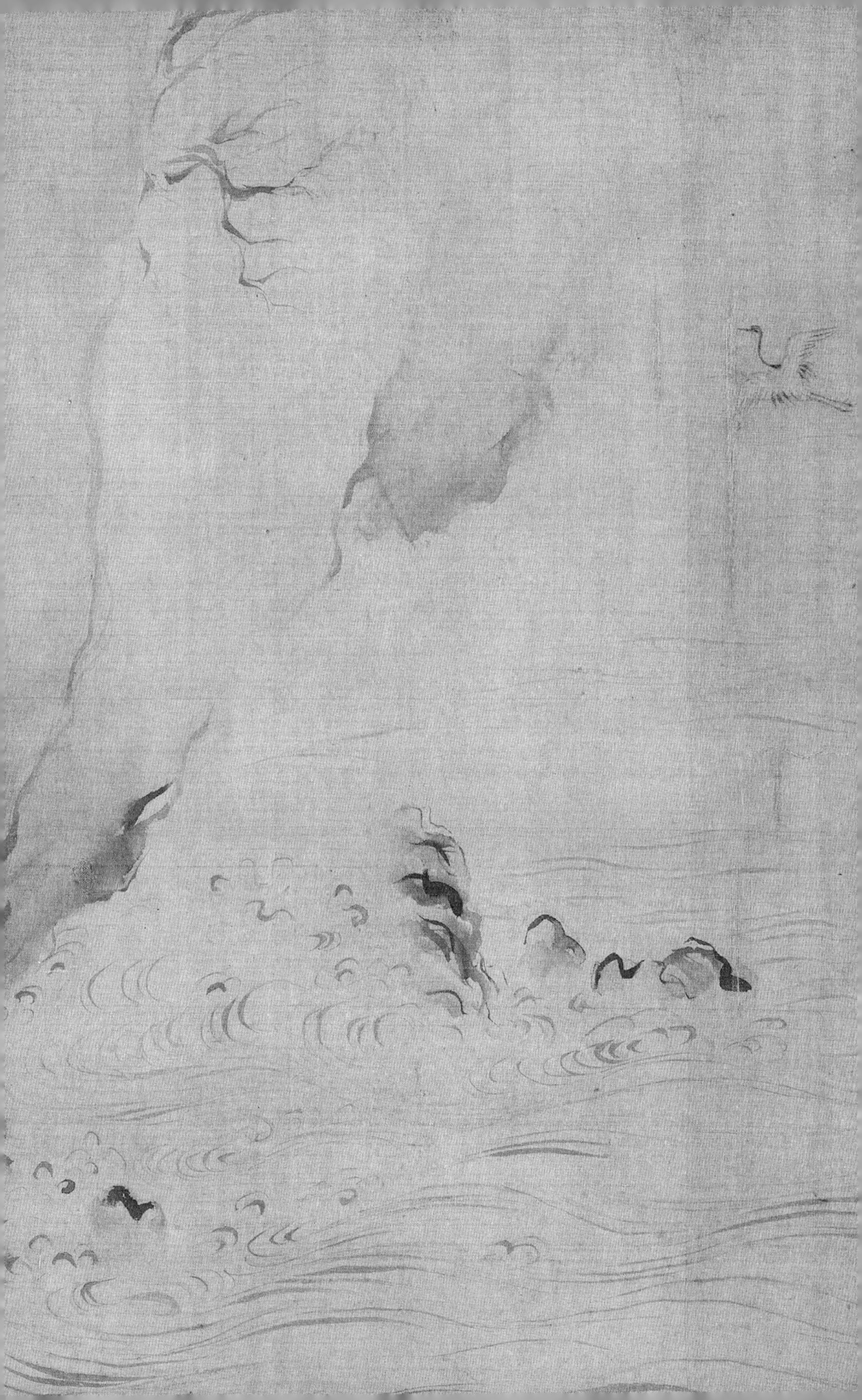

哀州土[1]之平乐兮，悲江介[2]之遗风。
当陵阳[3]之焉至兮，淼[4]南渡之焉如？
曾不知夏[5]之为丘兮，孰两东门[6]之可芜？
心不怡之长久兮，忧与愁其相接。
唯郢路之辽远兮，江与夏之不可涉。
忽若不信兮，至今九年而不复。
惨郁郁而不通兮，蹇侘傺而含戚。

外承欢之汋约[7]兮，谌[8]荏弱而难持[9]。

[注释]

1 州土：指楚国州邑之土。
2 介：界。
3 陵阳：地名。
4 淼（miǎo）：大水茫茫的样子。
5 夏：同"厦"。这里指楚国的宫殿。
6 两东门：郢都东向有两座东门。
7 汋（zhuó）约：绰约，姿态柔媚的样子。
8 谌（chén）：实在。
9 持：同"恃"。依靠。

忠湛湛[10]而愿进兮，妒被离而鄣之。
尧舜之抗行兮，瞭杳杳而薄天。
众谗人之嫉妒兮，被以不慈之伪名。
憎愠怆之修美兮，好夫人之慷慨。
众踥蹀而日进兮，美超远而逾迈。

乱曰：曼[11]余目以流观兮，冀一反之何时？
鸟飞反故乡兮，狐死必首丘[12]。
信非吾罪而弃逐兮，何日夜而忘之！

10 湛湛：厚重的样子。
11 曼：眼光放远。
12 首丘：头向着生活居住的山丘。

宋 李唐 《濠梁秋水图》局部

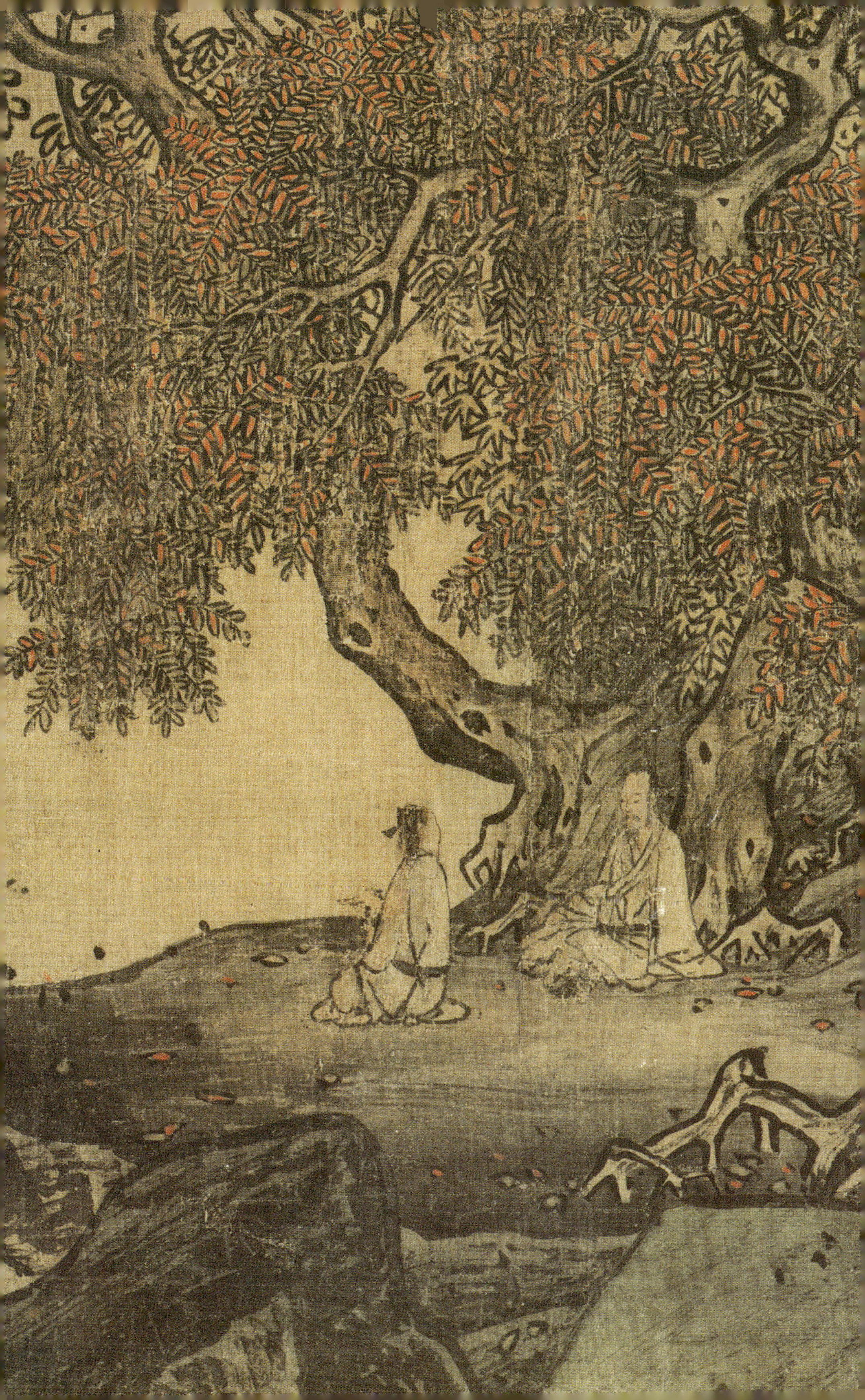

抽思

心郁郁之忧思兮,独永叹乎增伤。

思蹇产[1]之不释兮,曼遭夜之方长。

悲秋风之动容[2]兮,何回极[3]之浮浮。

数[4]惟荪[5]之多怒兮,伤余心之忧忧。

愿摇起而横奔兮,览民尤以自镇。

结微情以陈词兮,矫以遗夫美人。

昔君与我诚言兮,曰黄昏[6]以为期。

羌中道而回畔兮,反既有此他志。

憍[7]吾以其美好兮,览余以其修姱。

与余言而不信兮,盖为余而造怒。

[注释]

1 蹇产:曲折纠缠。
2 动容:指秋风起草木颜色衰败。
3 回极:天极回旋的枢轴,即古人认为的天体的轴心。王逸注:"谓会北辰之星于天之中也。"
4 数(shuò):记得。
5 荪:香草名。此处指楚王。
6 黄昏:比喻晚节。
7 憍(jiāo):通"骄"。放纵、夸耀。

宋　刘松年　《四景山水图之秋》局部

元 盛懋 《坐看云起图》局部

愿承闲而自察兮,心震悼而不敢。
悲夷犹而冀进兮,心怛[1]伤之憺憺。
兹历情以陈辞兮,荪详[2]聋而不闻。
固切人[3]之不媚兮,众果以我为患。
初吾所陈之耿著兮,岂至今其庸亡[4]?
何独乐斯之謇謇兮?愿荪美之可完[5]。
望三五以为像兮,指彭咸以为仪。
夫何极而不至兮,故远闻而难亏。
善不由外来兮,名不可以虚作。
孰无施而有报兮,孰不实而有获?

少歌[6]曰:
与美人抽思兮,并日夜而无正。

[注释]

1 怛(dá):忧伤、悲苦。
2 详(yáng):古同"佯"。假装。
3 切人:正直的人。
4 亡(wàng):通"忘"。忘记。
5 完:一作光。
6 少歌:短歌。古代辞赋篇章末总括全篇遥指的部分。这里是前半部分内容的小结。

憍吾以其美好兮，敖朕辞而不听。

倡曰：有鸟自南兮，来集汉[1]北。
好姱佳丽兮，牉独处此异域。
既茕[2]独而不群兮，又无良媒在其侧。
道卓远而日忘兮，愿自申而不得。
望北山而流涕兮，临流水而太息。
望孟夏之短夜兮，何晦明之若岁！
惟郢路之辽远兮，魂一夕而九逝[3]。
曾不知路之曲直兮，南指月与列星。
愿径逝而未得兮，魂识路之营营[4]。
何灵魂之信直兮，人之心不与吾心同！

[注释]

1 汉：汉水。初名漾水，东流至武都沮县，始为汉水。
2 茕（qióng）：指孤单没有兄弟。
3 九逝：九趟。
4 营营：忙碌的样子。

理弱而媒不通兮，尚不知余之从容。

乱曰：长濑[5]湍流，泝[6]江潭兮。
狂顾南行，聊以娱心兮。
轸石[7]崴嵬，蹇吾愿兮。
超回志度[8]，行隐进兮。
低徊夷犹，宿北姑[9]兮。
烦冤瞀容，实沛徂[10]兮。
愁叹苦神，灵遥思兮。
路远处幽，又无行媒兮。
道思作颂，聊以自救兮。
忧心不遂，斯言谁告兮！

[5] 濑（lài）：急速的水流。
[6] 泝（sù）：同"溯"。沿水逆流而上。
[7] 轸石：方石。
[8] 志度：考虑。
[9] 北姑：山名。
[10] 沛徂（cú）：颠沛流离。

闲倨俗楼丹竃庚申守
滄波掛布帆或是徐福
否津逕去蕭爲將軍畫苑詮
出右蕭馬望波塵実歎
黄子久宜平畫禪笥馨
折鷥磧玫武林金屋塵
楚芳枩還扣荆溪隣豪
微轉眼嗟誠非偶一例畫
凭卷呵護誠非偶一例畫
禪室雲溪相侶香光
不知平墨華宛不朽伧
弍束坡言安得奴汝壽
乾隆丁丑初夏御題
此卷與摩詰雪溪小幀皆董香光
藏弆神品雪溪先入石渠寶笈附
識之

宋　李唐　《江山小景图》局部

右水邨圖扵畫苑中
藉以永厥壽
庚辰夏六月阮
元再題扵傳臚
旗艇蓬

古希天子

卷時在眾前來題淙淙
後張目避別圖理趣聽
落剖始對六鈕士那易
閧讀口欹罷歎市能恰
值神來候文豈待加點
興吟哦筆走原是畫中
靈流雲憶吾手江非岷
即浙山萬辰柳百思翁
題小景我謂吾不有鴻
濛孚洪濛編戲蠁蟄針
孫子已兹席霞峭凌蚴
蠕或為壯士怒相持爭
勝負或名沈郎禪空色
都不覺或素吳出蟄或
未兵中圖戎笼与峰匝

怀沙

滔滔孟夏兮,草木莽莽。
伤怀永哀兮,汩徂[1]南土。
眴[2]兮杳杳,孔[3]静幽默[4]。
郁结纡轸兮,离愍[5]而长鞠[6]。
抚情效志兮,冤屈而自抑。

刓[7]方以为圜兮,常度未替。
易初本迪[8]兮,君子所鄙。
章画志墨兮,前图未改。
内厚质正兮,大人所盛。

[注释]

1 汩徂:急行。
2 眴(shùn):同"瞬"。看不清楚。
3 孔:文言副词,很。
4 幽默:无声。
5 愍(mǐn):痛苦。
6 鞠:穷困。
7 刓(wán):削去棱角。
8 迪:一作由。

巧倕[9]不斲兮,孰察其拨正。

玄文处幽兮,蒙瞍[10]谓之不章。
离娄[11]微睇兮,瞽以为无明。
变白以为黑兮,倒上以为下。
凤皇在笯[12]兮,鸡鹜[13]翔舞。
同糅玉石兮,一概而相量[14]。
夫唯党人之鄙固兮,羌不知余之所臧。
任重载盛兮,陷滞而不济。
怀瑾握瑜兮,穷不知所示。

[9] 倕(chuí):人名,传说是尧的巧工。
[10] 蒙瞍(sǒu):瞎子。
[11] 离娄:传说视力特强的人。
[12] 笯(nú):鸟笼。
[13] 鹜:鸭子。
[14] 相量:等同。

宋　马和之　《闵予小子之什图》局部

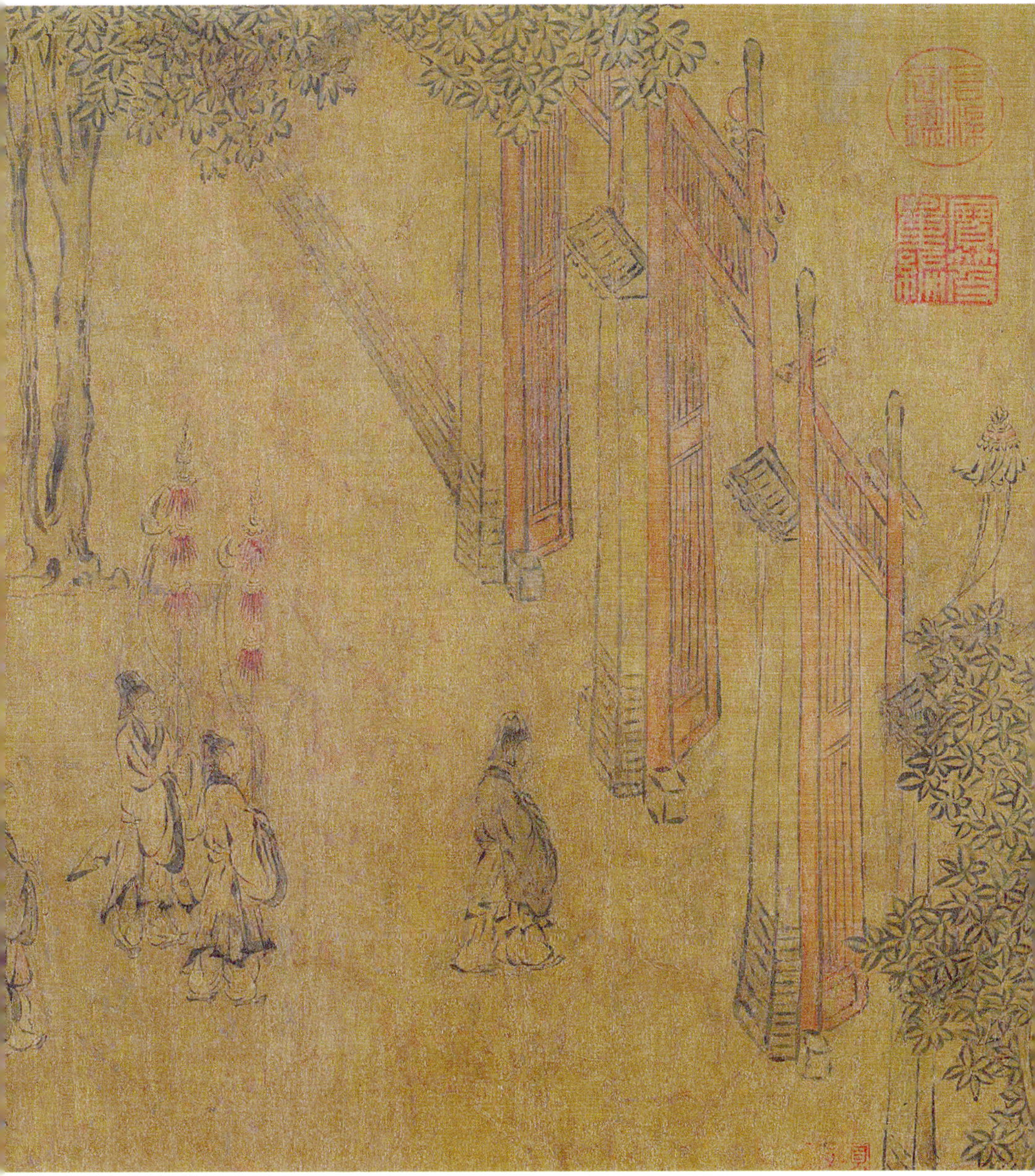

邑[1]犬之群吠兮,吠所怪也。

非[2]俊疑杰兮,固庸态也。

文质疏内兮,众不知余之异采。

材朴[3]委积兮,莫知余之所有。

重仁袭[4]义兮,谨[5]厚以为丰。

重华不可遻[6]兮,孰知余之从容!

古固有不并兮,岂知其何故?

汤禹久远兮,邈而不可慕?

惩[7]违改忿兮,抑心而自强。

离愍而不迁兮,愿志之有像。

进路北次兮,日昧昧其将暮。

[注释]

1 邑:泛指城市。
2 非:同"诽"。诽谤。
3 材朴:没有加工过的木材。
4 袭:以及。
5 谨:善。
6 遻(è):遇。
7 惩:止。

舒忧娱哀兮，限之以大故[8]。

乱曰：浩浩沅湘，分流汨兮。

修路幽蔽，道远忽兮。

怀质抱情，独无匹兮。

伯乐既没，骥焉程[9]兮？

万民之生，各有所错兮。

定心广志，余何畏惧兮？

曾[10]伤爰哀，永叹喟兮。

世浑浊莫吾知，人心不可谓兮。

知死不可让，愿勿爱兮。

明告君子，吾将以为类[11]兮。

[8] 大故：死亡。
[9] 程：分辨、区分。
[10] 曾（zēng）：增添。
[11] 类：法。

宋　佚名　《远水扬帆图》局部

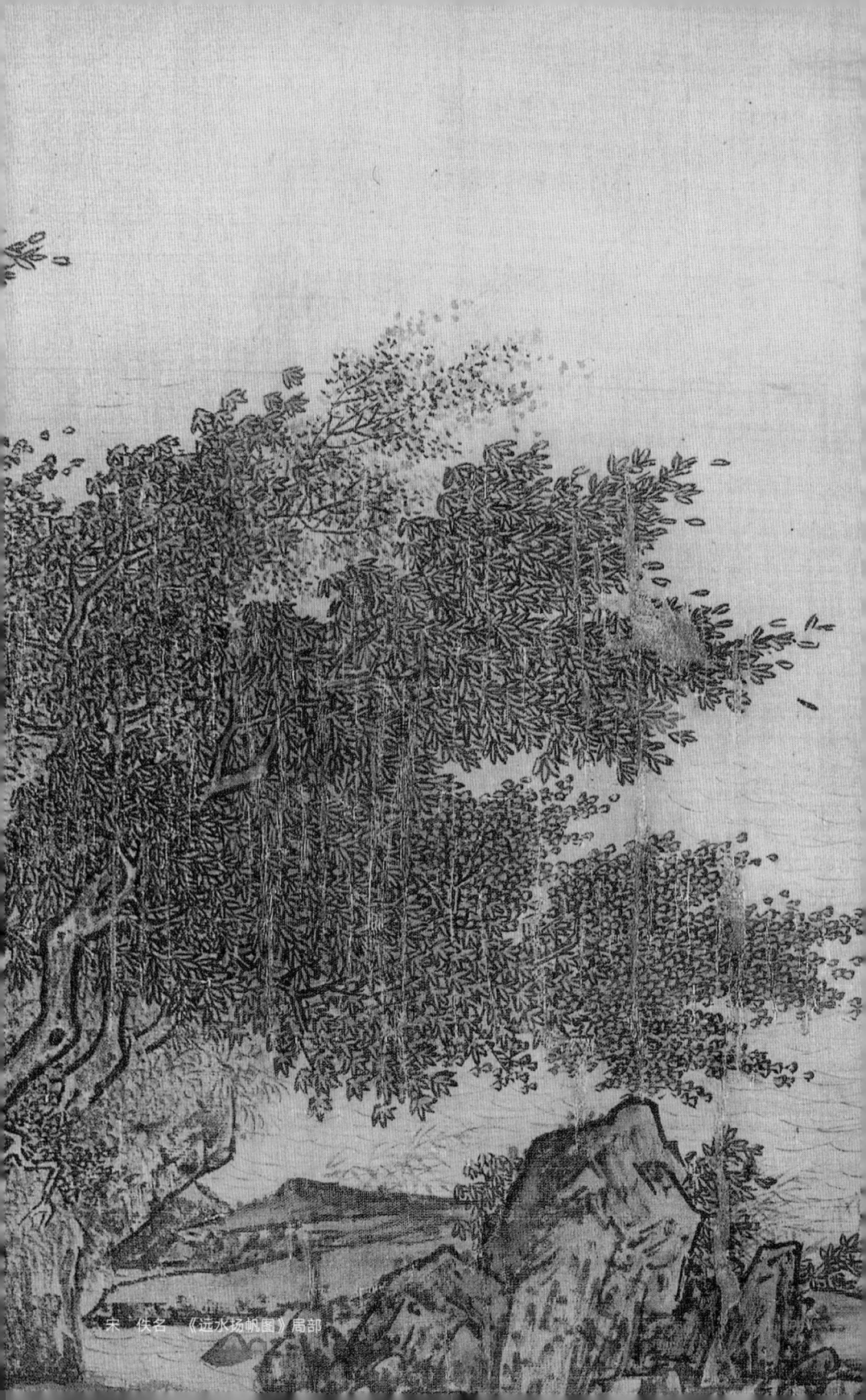

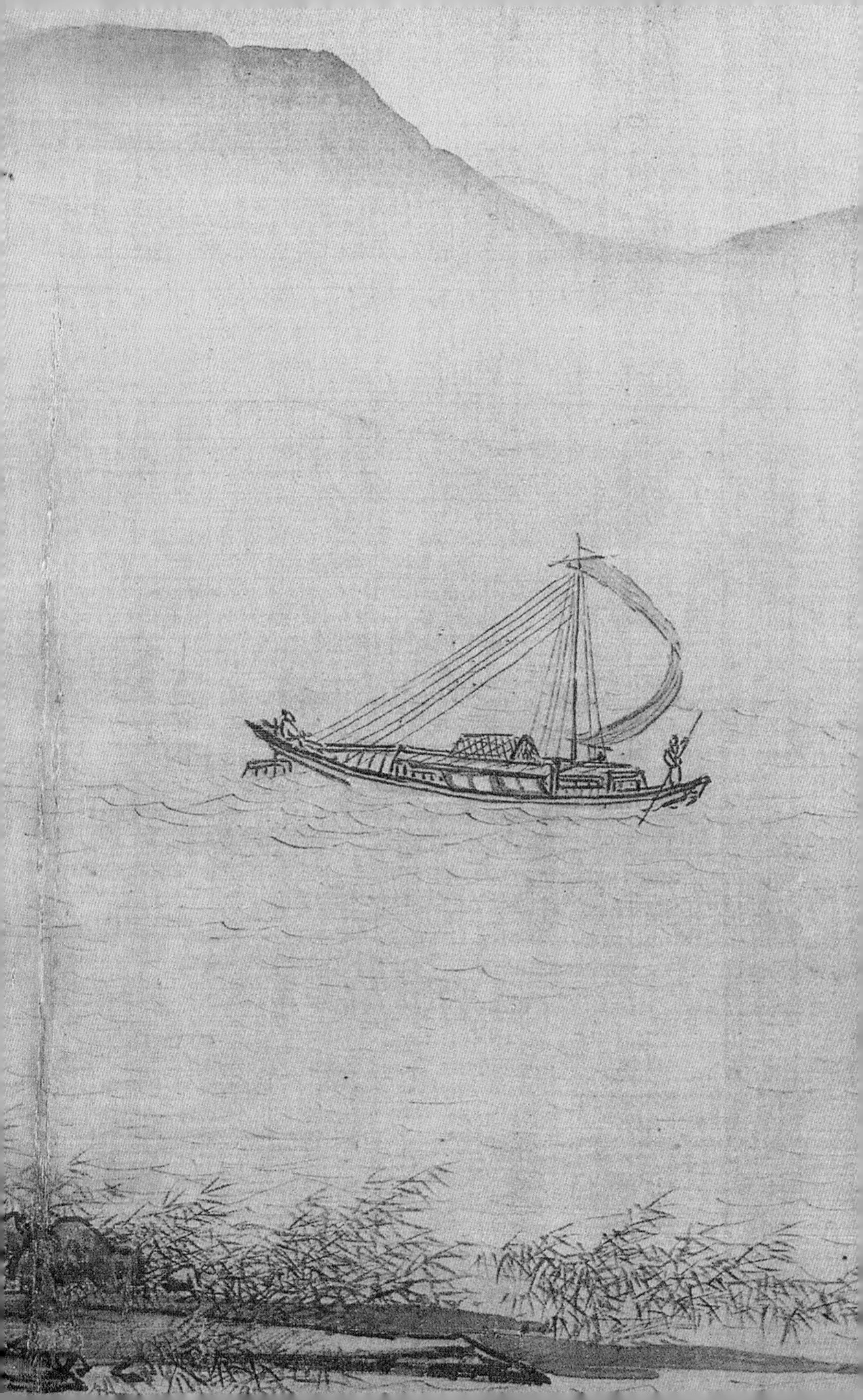

宋　赵佶　《桃鸠图》

思美人

思美人兮，擥涕而伫眙[1]。

媒绝路阻兮，言不可结而诒[2]。

蹇蹇之烦冤兮，陷滞而不发。

申旦[3]以舒中情兮，志沉菀[4]而莫达。

愿寄言于浮云兮，遇丰隆而不将。

因归鸟而致辞兮，羌迅高而难当。

高辛之灵盛兮，遭玄鸟而致诒。

欲变节以从俗兮，愧易初而屈志。

独历年而离愍兮，羌冯心犹未化。

宁隐闵[5]而寿考兮，何变易之可为！

[注释]

1 伫眙（yí）：久立凝视。
2 结而诒：封寄。
3 申旦：申明。一说天天。
4 沉菀（yùn）：沉闷而郁结。
5 闵：通"悯"。痛苦。

知前辙之不遂兮，未改此度。

车既覆而马颠兮，蹇独怀此异路。

勒骐骥而更驾兮，造父[1]为我操之。

迁逡次[2]而勿驱兮，聊假日以须时。

指嶓冢[3]之西隈[4]兮，与纁黄[5]以为期。

开春发岁兮，白日出之悠悠。

吾将荡志而愉乐兮，遵江夏以娱忧。

擥大薄之芳茝兮，搴长洲之宿莽。

惜吾不及古人兮，吾谁与玩此芳草？

解萹[6]薄与杂菜[7]兮，备以为交佩。

佩缤纷以缭转兮，遂萎绝而离异。

[注释]

1 造父：西周著名御车者，受幸于周穆王。
2 逡（qūn）次：逡巡。指缓行。
3 嶓（bō）冢：山名。秦国最初的封地。
4 隈：一作隅。
5 纁（xūn）黄：即黄昏。
6 萹（biān）：萹蓄。杂香的菜。
7 杂菜：恶菜。

宋　赵佶　《竹禽图》局部

吾且僔佪以娱忧兮，观南人之变态。
窃快在中心兮，扬厥冯而不竢。

芳与泽[1]其杂糅兮，羌芳华自中出。
纷郁郁其远承[2]兮，满内而外扬。
情与质信可保兮，羌居蔽而闻章。
令薜荔以为理兮，惮举趾而缘[3]木。
因芙蓉而为媒兮，惮褰[4]裳而濡[5]足。
登高吾不说兮，入下吾不能。
固朕形之不服兮，然容与而狐疑。
广遂前画兮，未改此度也。
命则处幽[6]吾将罢[7]兮，愿及白日之未暮[8]。
独茕茕而南行兮，思彭咸之故也。

[注释]

1 泽：污秽。
2 承：散发。
3 缘：攀。
4 褰（qiān）：掀起、揭起。
5 濡（rú）：沾湿。
6 处幽：隐僻鄙陋之处。此处指迁谪远行。
7 罢：同"疲"。
8 白日之未暮：喻国事尚有可为。

宋　佚名　《芙蓉》

宋　赵伯骕　《万松金阙图》局部

惜往日

惜往日之曾信兮，受命诏以昭时[1]。
奉先功以照下[2]兮，明法度之嫌疑。
国富强而法立兮，属贞臣而日娭。
秘[3]密事之载心兮，虽过失犹弗治。
心纯厖[4]而不泄兮，遭谗人而嫉之。
君含怒而待臣兮，不清澈其然否。
蔽晦君之聪明兮，虚惑误又以欺。
弗参验以考[5]实兮，远迁臣而弗思。
信谗谀之浑浊兮，盛气志而过之。

[注释]

1 昭时：彰显时世清明。
2 照下：以示百姓。
3 秘：一作移。 秘密：指努力。
4 厖（máng）：丰厚。
5 考：纠。

何贞臣之无罪兮,被离谤而见尤。

惭光景之诚信兮,身幽隐而备之。

临沅湘之玄渊兮,遂自忍而沉流。

卒没身而绝名兮,惜壅君[6]之不昭。

君无度而弗察兮,使芳草为薮幽[7]。

焉舒情而抽信兮,恬死亡而不聊。

独障壅而弊隐兮,使贞臣为无由。

闻百里[8]之为虏兮,伊尹烹于庖厨。

---

[6] 壅(yōng)君:被蒙蔽的国君。
[7] 薮(sǒu)幽:大泽的深幽处、深渊。
[8] 百里:百里奚。春秋时虞国大夫,后入秦做大夫。晋献公灭虞国,俘获百里奚,把他作为女儿嫁给秦穆公的陪嫁奴隶送到秦国。百里奚逃离秦国,到楚国。秦穆公闻其贤,用五张羊皮赎回,后助其成霸业。

宋 马远 《春游赋诗图》局部

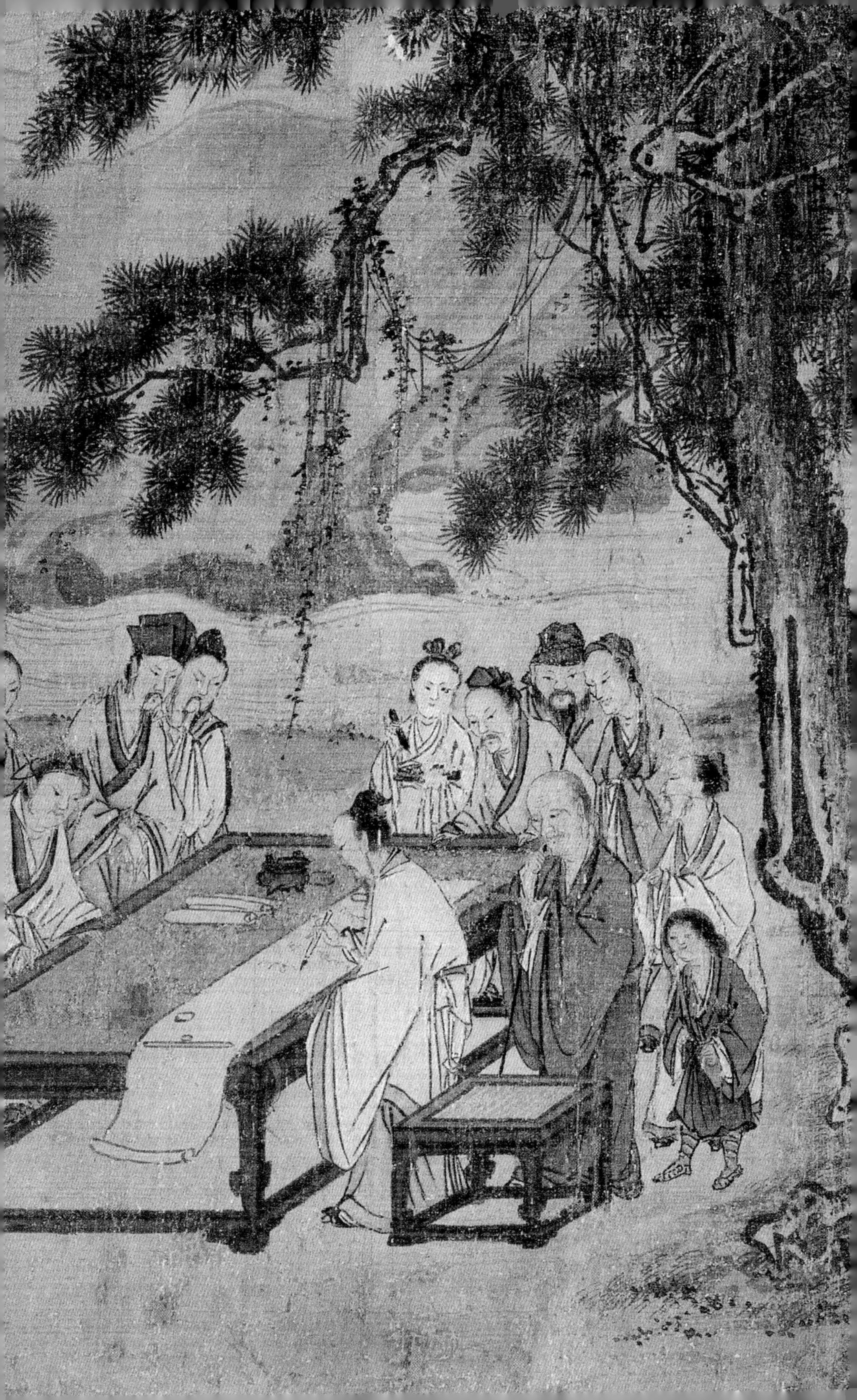

吕望屠于朝歌兮，宁戚歌而饭牛。

不逢汤武与桓缪兮，世孰云而知之。

吴信谗而弗味兮，子胥死而后忧。

介子忠而立枯[1]兮，文君寤而追求。

封介山而为之禁[2]兮，报大德之优游。

思久故之亲身兮，因缟素[3]而哭之。

或忠信而死节兮，或訑谩[4]而不疑。

弗省察而按实兮，听谗人之虚辞。

芳与泽其杂糅兮，孰申旦而别之？

何芳草之早夭兮，微霜降而下戒。

谅聪不明而蔽壅兮，使谗谀而日得。

[注释]

1 立枯：抱木烧死。
2 禁：凤山。
3 缟（gǎo）素：白色的丧服。
4 訑（dàn）谩：诈欺。

自前世之嫉贤兮，谓蕙若其不可佩。
妒佳冶[5]之芬芳兮，嫫母[6]姣而自好。
虽有西施之美容兮，谗妒入以自代。
愿陈情以白行兮，得罪过之不意。
情冤[7]见之日明兮，如列宿之错置。
乘骐骥而驰骋兮，无辔衔[8]而自载。
乘氾[9]泭[10]以下流兮，无舟楫而自备。
背法度而心治兮，辟[11]与此其无异。
宁溘死而流亡兮，恐祸殃之有再。
不毕辞[12]而赴渊兮，惜壅君之不识。

5 佳冶：美丽。
6 嫫（mó）母：黄帝的妃子。传说相貌极丑。
7 冤：一作宛。 情冤：指情宛。指行度清白。
8 辔衔：指御马的缰绳和嚼子。
9 氾（fàn）：摇动不定的样子。
10 泭（fú）：小筏子。
11 辟：譬如。
12 毕辞：指说完。

宋　王诜　《渔村小雪图》局部

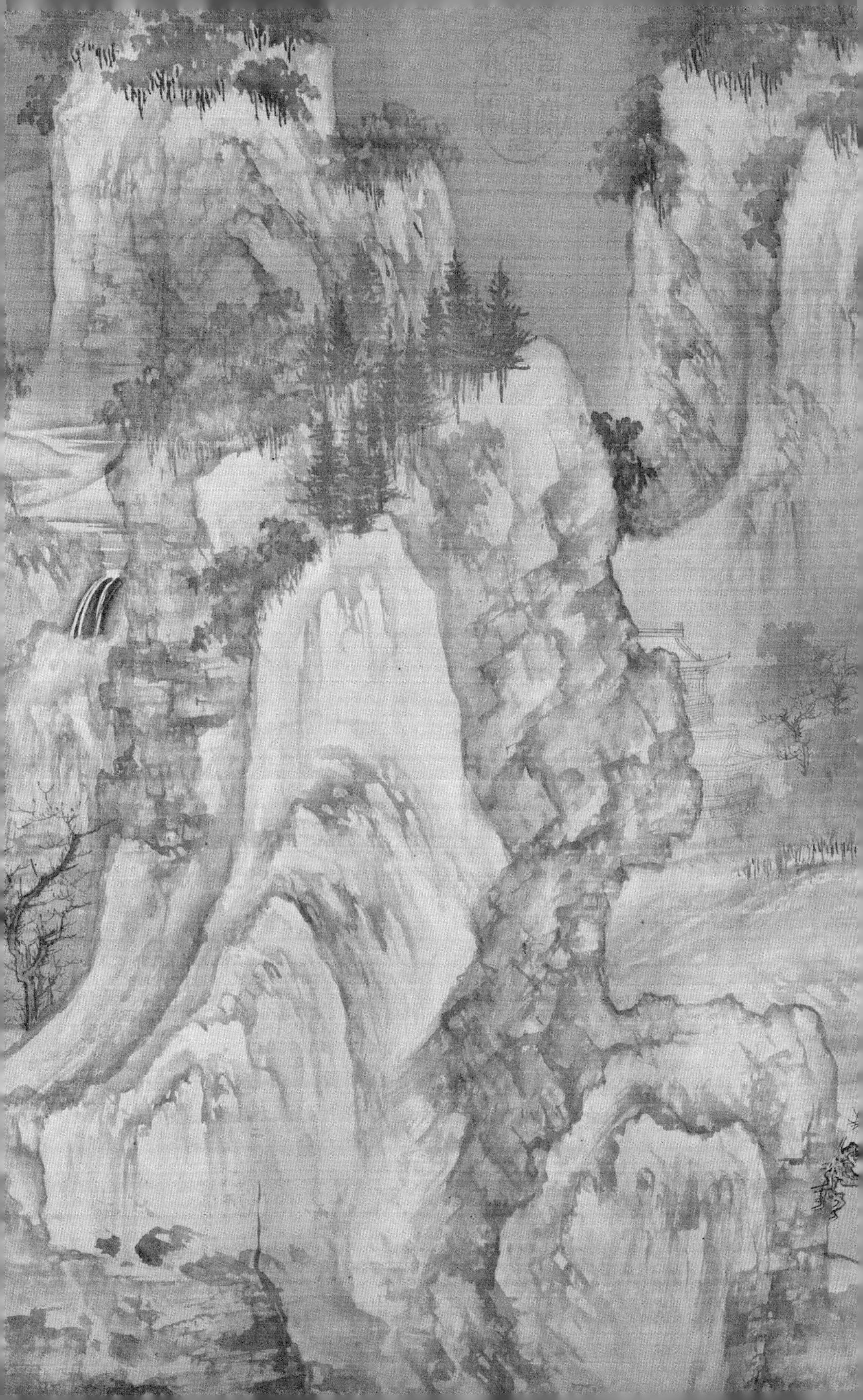

橘颂

后皇嘉树[1]，橘徕[2]服兮。

受命不迁，生南国兮。

深固难徙，更一志兮。

绿叶素荣[3]，纷其可喜兮。

曾枝剡棘[4]，圆果抟[5]兮。

青黄杂糅，文章烂兮。

精色内白，类可任兮。

纷缊[6]宜修，姱而不丑兮。

嗟尔幼志，有以异兮。

[注释]

[1] 嘉树：指橘树。王逸注："黄天后土生美橘树，异于众木，来服习南土，便其风采。屈原自喻才德如橘树，亦异于众也。"
[2] 徕：通"来"。到来。
[3] 素荣：白色的花。
[4] 剡棘：利刺。
[5] 抟（tuán）：通"团"。圆。
[6] 纷缊（yūn）：茂盛的样子。

宋 米友仁 《云山图》局部

宋　梁楷　《泽畔行吟图》局部

独立不迁，岂不可喜兮？

深固难徙，廓其无求兮。

苏[1]世独立，横而不流兮。

闭心自慎，不终失过兮。

秉德无私，参[2]天地兮。

愿岁并谢，与长友兮。

淑离[3]不淫，梗[4]其有理兮。

年岁虽少，可师长兮。

行比伯夷，置以为像兮。

[注释]

1 苏：觉悟、清醒。
2 参：配。
3 淑离：和善，美丽。
4 梗：正直。

宋　马麟　《橘绿图》局部

嘉慶御覽之寶

元　吴镇　《渔父图》局部

悲回风

悲回风之摇蕙兮,心冤结而内伤。

物有微而陨性[1]兮,声有隐而先倡[2]。

夫何彭咸之造思兮,暨[3]志介而不忘!

万变其情岂可盖兮,孰虚伪之可长!

鸟兽鸣以号群兮,草苴比而不芳。

鱼葺鳞[4]以自别兮,蛟龙隐其文章。

故荼荠不同亩兮,兰茝幽而独芳。

唯佳人[5]之永都[6]兮,更统世而自贶[7]。

眇远志之所及兮,怜浮云之相羊[8]。

介眇志之所惑兮,窃赋诗之所明。

[注释]

1 性(shēng):通"生"。生命。
2 先倡:先行。
3 暨:希望。
4 葺鳞:指炫耀其鳞。
5 佳人:指楚怀王、楚襄王。
6 都:有先君的朝代。
7 贶(kuàng):赐赠。
8 相羊:指无所依靠。

唯佳人[1]之独怀兮，折若椒以自处。

曾歔欷之嗟嗟兮，独隐伏而思虑。

涕泣交而凄凄兮，思不眠以至曙。

终长夜之曼曼兮，掩[2]此哀而不去。

寤从容以周流兮，聊逍遥以自恃。

伤太息之愍怜兮，气于邑[3]而不可止。

纠思心以为纕兮，编愁苦以为膺。

折若木以蔽光兮，随飘风之所仍[4]。

存彷佛而不见兮，心踊跃其若汤。

抚珮衽以案[5]志兮，超惘惘而遂行。

岁曶曶[6]其若颓兮，时亦冉冉而将至。

薠蘅[7]槁而节离兮，芳以歇而不比。

[注释]

1 佳人：指屈原。
2 掩：通"淹"。止。
3 于邑：指郁闷。
4 仍：原因。
5 案：抑制。
6 曶（hū）曶：匆匆的样子。
7 薠（fán）、蘅：皆香草名。

怜思心之不可惩兮，证此言之不可聊。

宁逝死而流亡兮，不忍为此之常愁。

孤子吟而抆[8]泪兮，放子出而不还。

孰能思而不隐兮，照[9]彭咸之所闻。

登石峦以远望兮，路眇眇之默默。

入景[10]响之无应兮，闻省想而不可得。

愁郁郁之无快兮，居戚戚而不可解。

心鞿羁[11]而不形兮，气缭转而自缔[12]。

穆眇眇之无垠兮，莽芒芒之无仪。

声[13]有隐而相感兮，物[14]有纯而不可为。

邈蔓蔓之不可量兮，缥绵绵之不可纡。

[8] 抆（wěn）：擦去。
[9] 照：一作昭。
[10] 景：通"影"。影子。
[11] 鞿羁：束缚。
[12] 缔：打不开的节。
[13] 声：秋风。
[14] 物：指草木。

宋　许道宁　《渔父图》局部

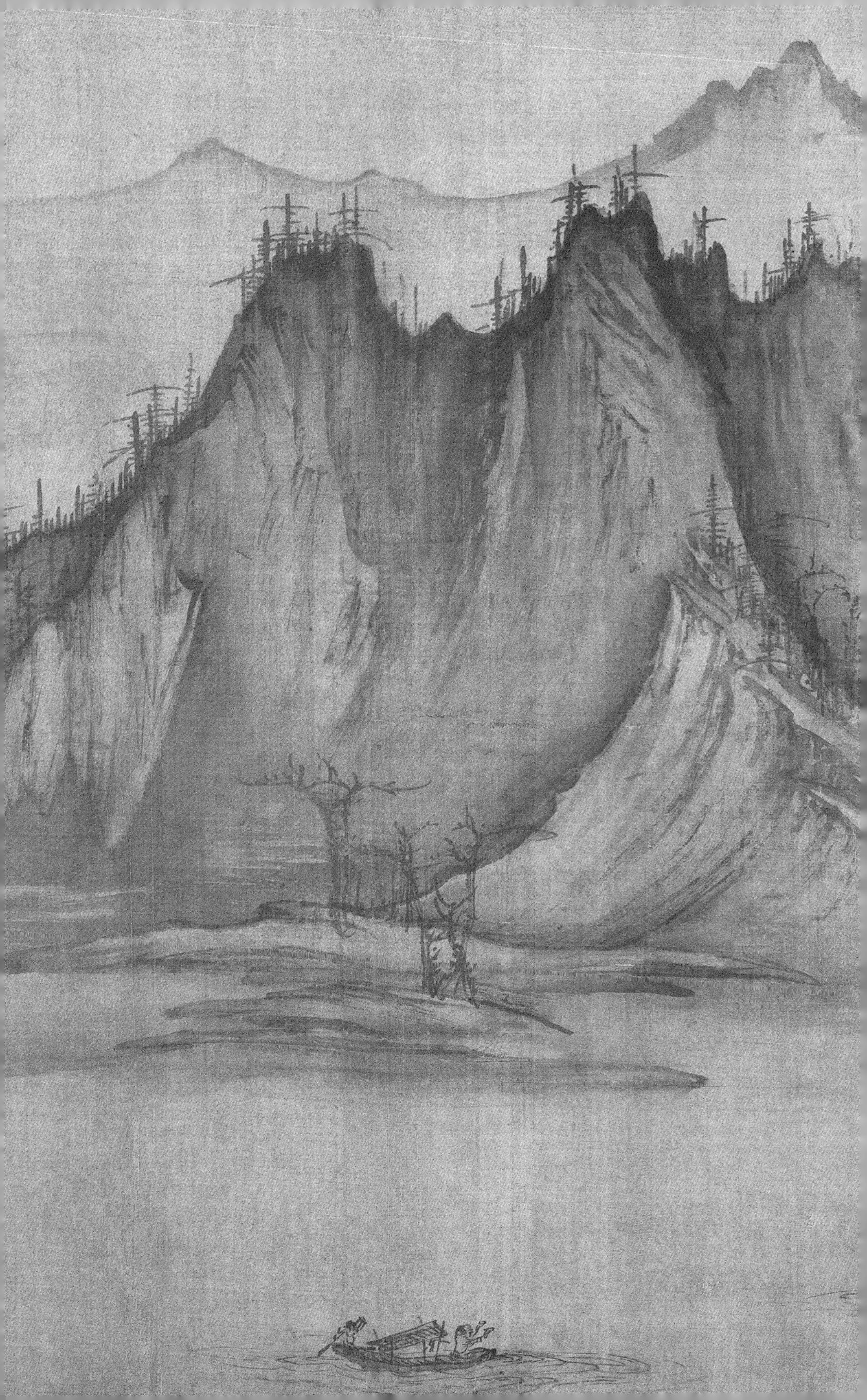

愁悄悄之常悲兮,翩冥冥之不可娱。
凌大波而流风兮,托彭咸之所居。

上高岩之峭岸兮,处雌蜺之标颠[1]。
据青冥而摅[2]虹兮,遂倏忽而扪天[3]。
吸湛露之浮源兮,漱凝霜之雰雰[4]。
依风穴[5]以自息兮,忽倾寤以婵媛。
冯昆仑以瞰雾兮,隐岷山[6]以清江。
惮涌湍之礚礚[7]兮,听波声之汹汹。
纷容容之无经兮,罔芒芒之无纪。
轧[8]洋洋之无从兮,驰委移之焉止。
漂翻翻其上下兮,翼遥遥其左右。

[注释]

1 标颠:最高处。
2 摅(shū):舒展。
3 扪天:抚摸青天。
4 雰(fēn)雰:飘落的样子。
5 风穴:神山名。北方寒风风源之地。
6 岷(mín)山:指岷山。
7 礚(kē):古同"磕"。礚礚:水击石发出的声音。
8 轧:长远的样子。

元 王蒙 《青卞隐居图》局部

氾潏潏[1]其前后兮,伴张驰之信期。
观炎气之相仍兮,窥烟液[2]之所积。
悲霜雪之俱下兮,听潮水之相击。
借光景以往来兮,施黄棘之枉策。
求介子之所存兮,见伯夷之放迹。
心调度而弗去兮,刻著志之无适。

曰:吾怨往昔之所冀兮,悼来者之愁愁[3]。
浮江淮而入海兮,从子胥而自适[4]。
望大河之洲渚兮,悲申徒[5]之抗迹。
骤谏君而不听兮,重任石之何益。
心絓结而不解兮,思蹇产而不释。

[注释]

1 潏(jué)潏:水涌出的样子。
2 烟液:水气。
3 愁(tì):同"惕"。愁愁:忧劳。
4 适:之。自适:指伍子胥死后,"王使捐于大江,乃发奋驰腾,气若奔马,乃归神大海。自适,谓顺适己志也。"(《越绝书》)
5 申徒:申徒狄,殷末的贤臣。力谏纣王不听,抱石自沉而死。

宋　王希孟　《千里江山图》局部

元 佚名 《林亭秋色图》局部

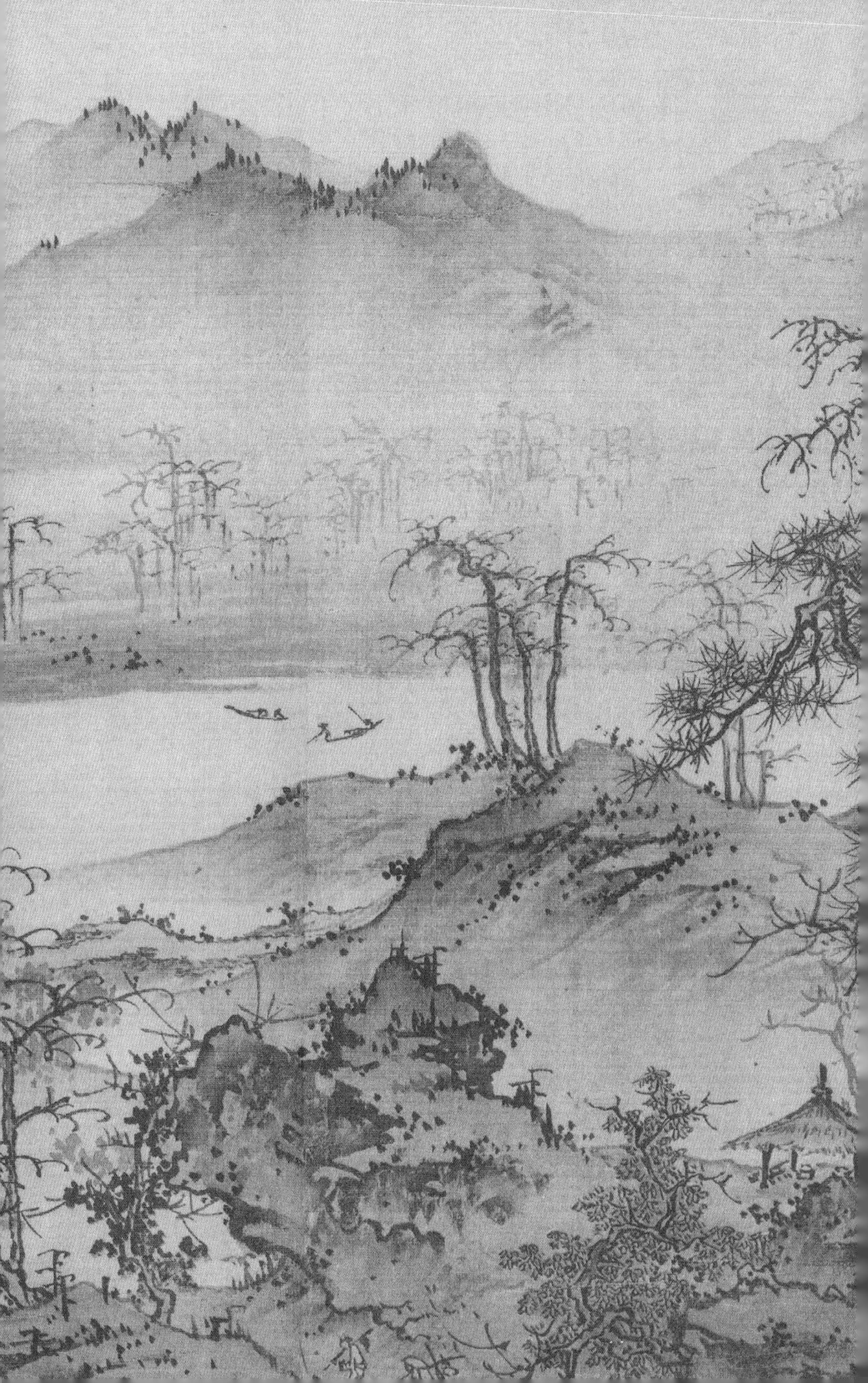

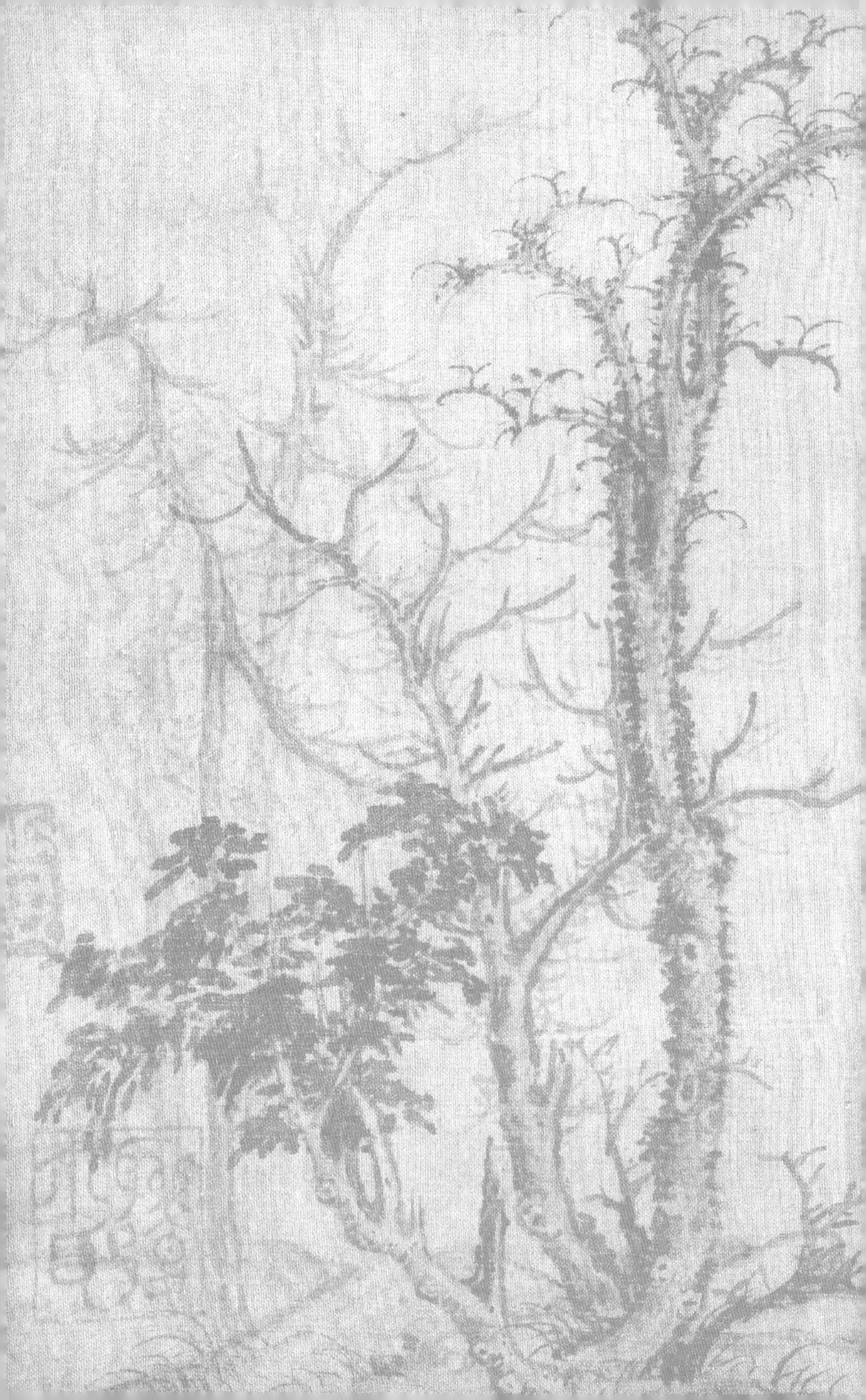

九辩

宋玉

《九辩》者,楚大夫宋玉之所作也。辩者,变也,谓陈道德以变说君也。九者,阳之数,道之纲纪也。故天有九星,以正机衡;地有九州,以成万邦;人有九窍,以通精明。屈原怀忠贞之性,而被谗邪,伤君闇蔽,国将危亡,乃援天地之数,列人形之要,而作《九歌》《九章》之颂,以讽谏怀王。明己所言,与天地合度,可履而行也。宋玉者,屈原弟子也。闵惜其师,忠而放逐,故作《九辩》以述其志。至于汉兴,刘向、王褒之徒,咸悲其文,依而作词,故号为"楚词"。亦采其九以立义焉。

——王逸《楚辞章句》

元　曹知白　《寒林图》局部

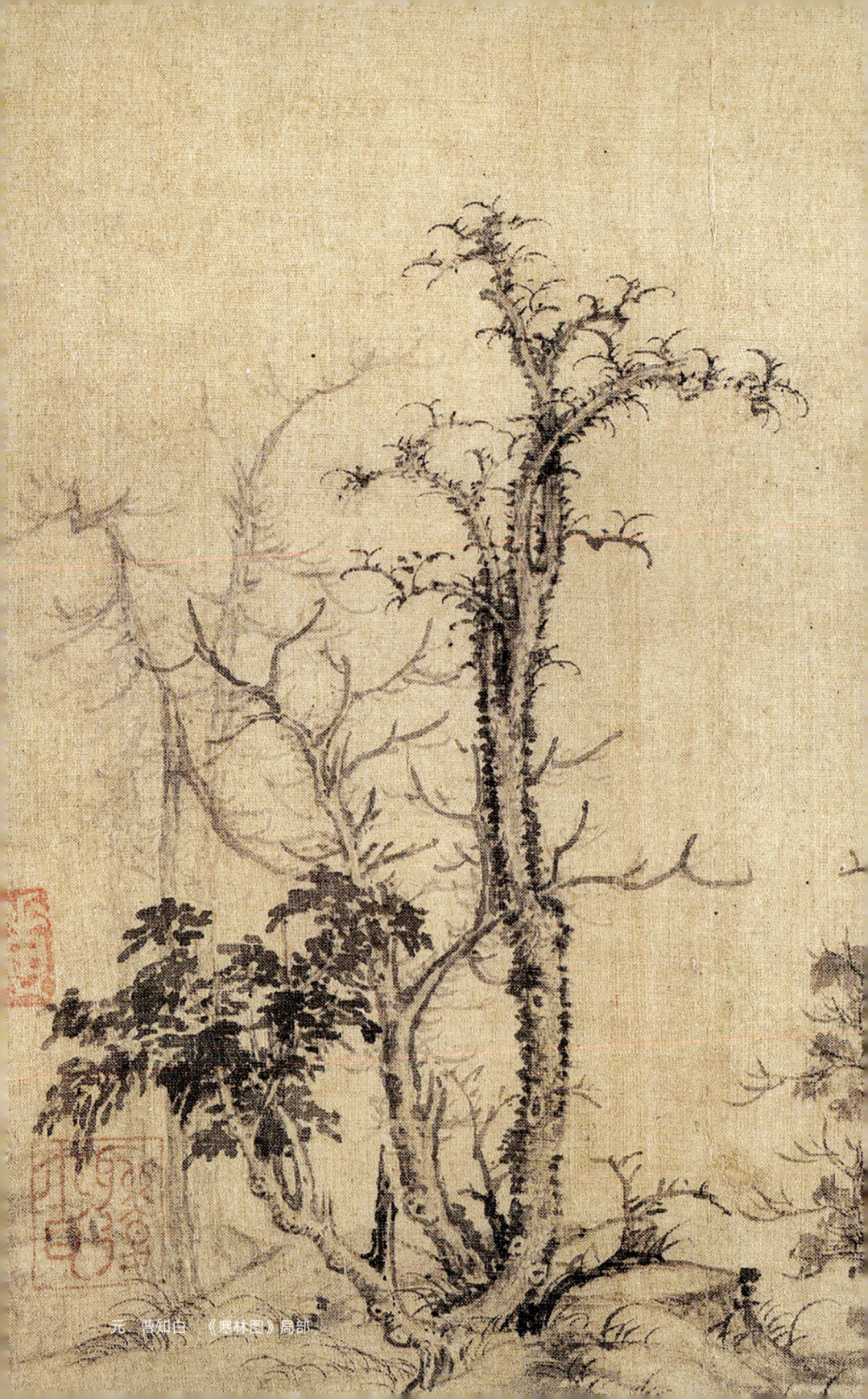

悲哉秋之为气也！

萧瑟兮草木摇落而变衰，

憭栗[1]兮若在远行，登山临水兮送将归。

泬寥[2]兮天高而气清，寂寥兮收潦而水清。

憯凄[3]增欷兮，薄寒之中人，

怆怳[4]懭悢[5]兮，去故而就新。

坎廪[6]兮贫士失职而志不平，

廓落兮羁旅而无友生，惆怅兮而私自怜。

燕翩翩其辞归兮，蝉寂漠[7]而无声。

雁廱廱[8]而南游兮，鹍鸡[9]啁哳[10]而悲鸣。

独申旦而不寐兮，哀蟋蟀之宵征。

时亹亹[11]而过中兮，蹇淹留而无成。

[注释]

1 憭栗（liáolì）：憭慄凄凉、感伤。
2 泬（xuè）寥：广阔空虚。
3 憯（cǎn）凄：悲痛的样子。
4 怆怳（huǎng）：悲伤、失意的样子。
5 懭悢（kuàngliàng）：不得志、失意的样子。

6 坎廪：困窘的样子。
7 寂漠：寂寞。
8 廱（yōng）廱：一作喁喁。鸟声和鸣。
9 鹍（kūn）鸡：一种似鹤的鸟。
10 啁哳（zhāozhā）：指声音杂乱细碎。
11 亹（wěi）亹：前行的样子。

悲忧穷戚[1]兮独处廓，有美一人兮心不绎[2]。

去乡离家兮来远客，超逍遥兮今焉薄？

专思君兮不可化，君不知兮可奈何！

蓄怨兮积思，心烦憺兮忘食事[3]。

愿一见兮道余意，君之心兮与余异。

车既驾兮朅[4]而归，不得见兮心伤悲。

倚结軨[5]兮长太息，涕潺湲兮下沾轼[6]。

慷慨[7]绝兮不得，中瞀乱兮迷惑。

私自怜兮何极，心怦怦兮谅直。

皇天平分四时兮，窃独悲此廪[8]秋。

白露既下百草兮，奄离披此梧楸[9]。

[注释]

1 戚：一作蹙，皱眉。
2 不绎：不解。
3 食事：吃饭和做事。
4 朅（qiè）：去。
5 结軨（líng）：车厢的窗棂。
6 轼：车前用作扶手的横木。
7 慷慨：壮士不得志。
8 廪：一作凛。寒冷。
9 梧楸：梧桐与楸树。二木皆逢秋而早凋。

元　佚名　《倚艇看鸿图》局部

元　吴镇　《芦花寒雁图》局部

去白日之昭昭兮，袭长夜之悠悠。

离芳蔼之方壮兮，余萎约而悲愁。

秋既先戒以白露兮，冬又申之以严霜。

收恢台[1]之孟夏兮，然欿傺[2]而沈藏。

叶菸邑[3]而无色兮，枝烦挐[4]而交横。

颜淫溢[5]而将罢兮，柯[6]仿佛而萎黄。

萷[7]櫹椮[8]之可哀兮，形销铄而瘀伤。

唯其纷糅而将落兮，恨其失时而无当。

擥騑辔[9]而下节兮，聊逍遥以相佯。

岁忽忽而遒尽兮，恐余寿之弗将。

悼余生之不时兮，逢此世之俇攘[10]。

[注释]

1 恢台：繁盛的样子。
2 欿（kǎn）傺：指草木停止生长。
3 菸（yū）邑：指草木残败，颜色暗淡。
4 烦挐（rú）：凌乱。
5 淫溢：逐渐的。
6 柯：枝。
7 萷（xiāo）：梢、树梢。
8 櫹椮（xiāosēn）：树枝光秃秃的样子。
9 擥騑（fēi）辔：拉着马辔。
10 俇（guàng）攘：纷扰不宁的样子。

元　盛懋　《秋溪钓艇图》局部

澹容与而独倚兮,蟋蟀鸣此西堂。

心怵惕[1]而震荡兮,何所忧之多方。

仰明月而太息兮,步列星而极明。

窃悲夫蕙华之曾敷兮,纷旖旎乎都房[2]。

何曾华之无实兮,从风雨而飞飏。

以为君独服此蕙兮,羌无以异于众芳。

闵奇思[3]之不通兮,将去君而高翔。

心闵怜之惨悽兮,愿一见而有明。

重无怨而生离兮,中结轸而增伤。

岂不郁陶而思君兮?君之门以九重。

[注释]

1 怵惕:惊惧。
2 都房:大的花房。
3 奇思:指忠信。

猛犬狺狺[1]而迎吠兮,关梁闭而不通。
皇天淫溢而秋霖兮,后土何时而得漧[2]!
块[3]独守此无[4]泽兮,仰浮云而永叹。

何时俗之工巧兮,背绳墨而改错!
却骐骥而不乘兮,策驽骀[5]而取路。
当世岂无骐骥兮,诚莫之能善御。
见执辔者非其人兮,故駶跳[6]而远去。
凫雁皆唼[7]夫梁藻兮,凤愈飘翔而高举。
圆凿而方枘兮,吾固知其鉏铻[8]而难入。
众鸟皆有所登栖兮,凤独遑遑而无所集。

[注释]

1 狺(yín)狺:狗叫的声音。
2 漧(gān):同"乾"。
3 块:块然。指孑然一身,孤独的样子。
4 无:通"芜"。荒芜。
5 驽骀(nútái):劣马。
6 駶(jú)跳:马跳跃。
7 唼(shà):食。
8 鉏铻(jǔyǔ):不相合的样子。

愿衔枚[9]而无言兮，尝被君之渥洽。

太公九十乃显荣兮，诚未遇其匹合。

谓骐骥兮安归？谓凤皇兮安栖？

变古易俗兮世衰，今之相者兮举肥。

骐骥伏匿而不见兮，凤皇高飞而不下。

鸟兽犹知怀德兮，何云贤士之不处？

骥不骤进而求服兮，凤亦不贪喂而妄食。

君弃远而不察兮，虽愿忠其焉得？

欲寂漠而绝端兮，窃不敢忘初之厚德。

独悲愁其伤人兮，冯郁郁其何极！

霜露惨凄而交下兮，心尚幸其弗济。

---

[9] 衔枚：止言。《周礼》记载："有衔枚氏。枚状如箸，横衔之。"

宋　赵佶　《柳鸦芦雁图》局部

199

霰[1]雪雰糅其增加兮,乃知遭命之将至。

愿徼幸[2]而有待兮,泊莽莽与野草同死。

愿自往而径[3]游兮,路壅绝而不通。

欲循道而平驱兮,又未知其所从。

然中路而迷惑兮,自压桉[4]而学诵。

性愚陋以褊浅[5]兮,信未达乎从容。

窃美申包胥[6]之气盛兮,恐时世之不固。

何时俗之工巧兮?灭规矩而改凿[7]。

独耿介而不随兮,愿慕先圣之遗教。

处浊世而显荣兮,非余心之所乐。

[注释]

1 霰(xiàn):冰雪的颗粒。
2 徼(jiǎo)幸:同"侥幸"。
3 径:同"竟"。
4 桉(ān):一作按。 压桉:压抑。
5 褊(biǎn)浅:指所知不多。
6 申包胥:楚大夫。王逸注:"昔伍子胥得罪于楚,将敌于吴,见申包胥谓曰:'我必亡郢。'申包胥答曰:'子能亡之,我能存之。'遂出奔吴,为吴王阖闾臣。同兵而伐楚,破郢。昭王出奔,于是申包胥乃之秦,请救兵,鹤立于秦庭,啼呼悲泣,七日七夜不绝声,勺饮不入于口。秦伯哀之,为发兵救楚。昭王复国,故言气盛也。"
7 凿:造。

与其无义而有名兮，宁穷处而守高。
食不媮[8]而为饱兮，衣不苟而为温。
窃慕诗人之遗风兮，愿托志乎素餐[9]。
蹇充倔[10]而无端兮，泊莽莽而无垠。
无衣裘以御冬兮，恐溘死不得见乎阳春。

靓[11]杪秋[12]之遥夜兮，心缭悷而有哀。
春秋逴逴[13]而日高兮，然惆怅而自悲。
四时递来而卒岁兮，阴阳不可与俪偕。
白日晼晚[14]其将入兮，明月销铄而减毁。
岁忽忽而遒尽兮，老冉冉而愈弛。

---

[8] 媮（yú）：高兴。
[9] 素餐：白吃饭。
[10] 充倔：充满委屈。
[11] 靓（jìng）：通"静"。寂静。
[12] 杪（miǎo）秋：深秋。
[13] 逴（chuō）逴：远。
[14] 晼（wǎn）晚：太阳偏西。

宋　王诜（传）　《烟江叠嶂图》局部

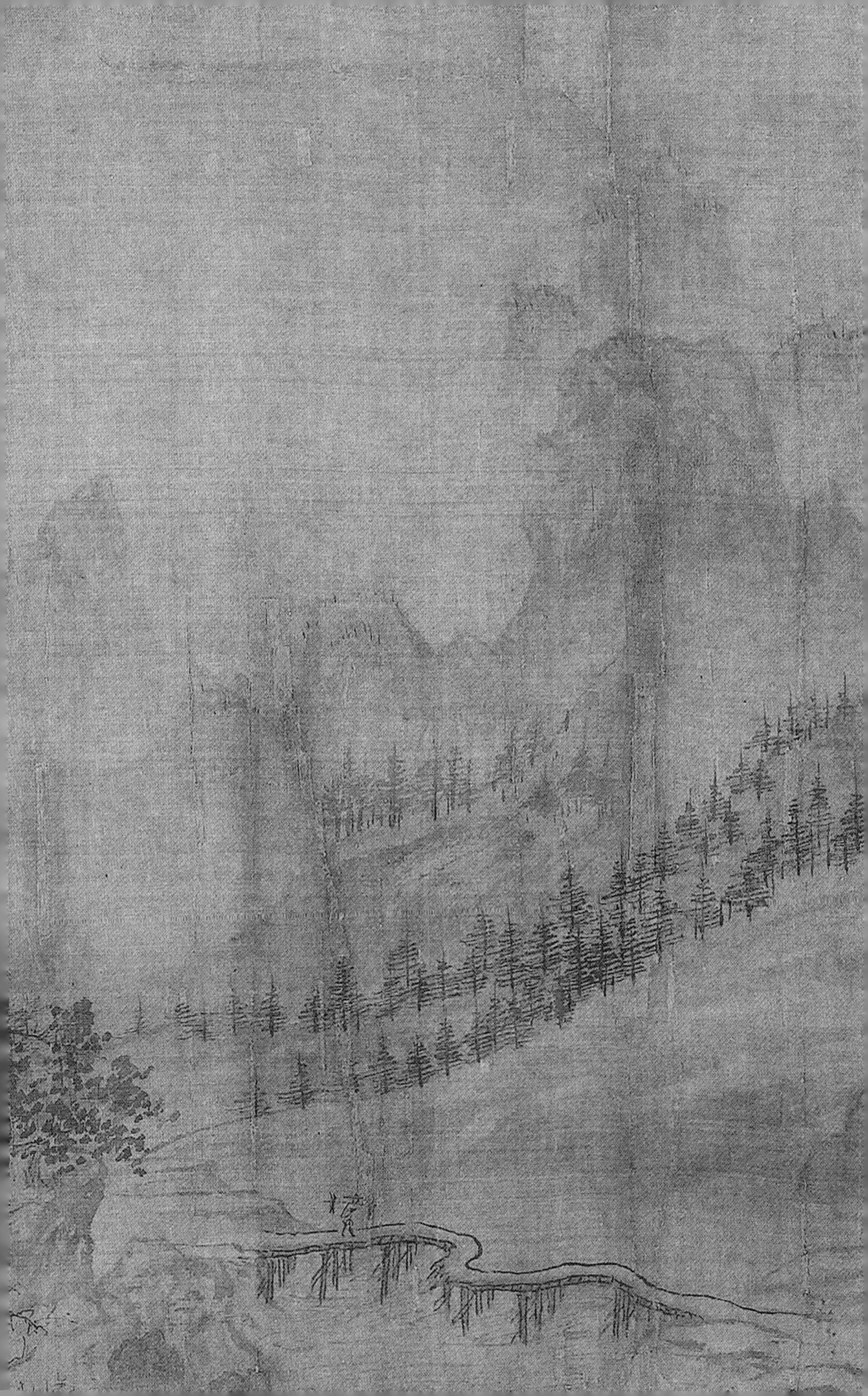

元 盛懋 《野桥策蹇图》局部

心摇悦而日幸兮,然怊怅而无冀。
中憯恻之凄怆兮,长太息而增欷。
年洋洋以日往兮,老嶚廓[1]而无处。
事亹亹而觊进[2]兮,蹇淹留而踌躇。

何氾滥之浮云兮,猋[3]壅蔽此明月。
忠昭昭而愿见兮,然霠[4]曀[5]而莫达。
愿皓日之显行兮,云蒙蒙而蔽之。
窃不自聊而愿忠兮,或黕[6]点而污之。
尧舜之抗行[7]兮,瞭[8]冥冥而薄天。
何险巇[9]之嫉妒兮,被以不慈之伪名?

[注释]

[1] 嶚(liáo)廓:寂寥空虚。
[2] 觊进:指希望被进用。
[3] 猋(biāo):迅速。
[4] 霠(yīn):同"霒"。阴天,雨雪遮住了太阳。
[5] 曀(yì):翳。天阴沉沉的样子。
[6] 黕(dǎn):污垢。
[7] 抗行:圣迹显著。
[8] 瞭:一作杳。
[9] 险巇(xī):险阻,此指小人作梗。

元　夏永　《岳阳楼图》局部

彼日月之照明兮，尚黯黮¹而有瑕。
何况一国之事兮，亦多端而胶加。

被荷裯²之晏晏兮，然潢³洋而不可带。
既骄美而伐⁴武兮，负左右之耿介。
憎愠恂⁵之修美兮，好夫人之慷慨。
众踥蹀⁶而日进兮，美超远而逾迈。
农夫辍耕而容与兮，恐田野之芜秽。
事緜⁷緜而多私兮，窃悼后之危败。
世雷同而炫曜兮，何毁誉之昧昧！
今修饰而窥镜兮，后尚可以窜藏⁸。
愿寄言夫流星兮，羌倏忽而难当。
卒壅蔽此浮云，下暗漠而无光。

[注释]

1 黯黮（dǎn）：昏暗不明。
2 裯（dāo）：短衣。
3 潢（huáng）洋：指衣服宽宽的样子。
4 伐：夸耀。
5 愠恂（yùnlún）：内心忠诚但不善表达。
6 踥蹀（qièdié）：小步前行的样子。
7 緜（mián）：同"绵"。
8 窜藏：隐匿；潜藏。

尧舜皆有所举任兮，故高枕而自适。
谅无怨于天下兮，心焉取此怵惕？
乘骐骥之浏浏兮，驭安用夫强策？
谅城郭之不足恃兮，虽重介¹之何益？
邅²翼翼而无终兮，忳惛惛³而愁约。
生天地之若过兮，功不成而无效。
愿沉滞而不见兮，尚欲布名乎天下。
然潢洋而不遇兮，直怐愁⁴而自苦。
莽洋洋而无极兮，忽翱翔之焉薄？
国有骥而不知乘兮，焉皇皇而更索？
宁戚⁵讴于车下兮，桓公闻而知之。
无伯乐之相善兮，今谁使乎誉之？

[注释]

1 重介：指厚甲。
2 邅：盘旋不前。
3 惛（hūn）：同"昏"。惛惛：昏沉的样子。
4 怐愁（kòumào）：愚昧。
5 宁戚：春秋卫国人。怀才不遇，为人拉车喂牛。后得到齐桓公赏识，拜为大夫。

元 夏永 《映水楼台图》局部

宋 佚名 《仙山楼阁图》局部

罔¹流涕以聊虑兮，唯著意²而得之。
纷纯纯之愿忠兮，妒被离而鄣之。

愿赐不肖之躯而别离兮，放游志乎云中。
乘精气之抟抟兮，骛诸神之湛湛³。
骖白霓之习习⁴兮，历群灵之丰丰⁵。
左朱雀之茇茇⁶兮，右苍龙之躣躣⁷。
属雷师之阗阗⁸兮，通飞廉之衙衙⁹。
前轻辌¹⁰之锵锵兮，后辎乘¹¹之从从¹²。
载云旗之委蛇兮，扈屯骑之容容。
计专专之不可化兮，愿遂推而为臧¹³。
赖皇天之厚德兮，还及君之无恙。

[注释]

1 罔：同"惘"。惘然。
2 著意：用心访求。
3 湛湛：聚集的样子。
4 习习：飞行的样子。
5 丰丰：天神众多的样子。
6 茇（pèi）茇：同"跋跋"。飞翔的样子。
7 躣（qú）躣：蜿蜒前行的样子。
8 阗阗：兵势众多的样子。
9 衙衙：行走的样子。
10 轻辌：一种轻型马车。
11 辎乘：辎重车辆。
12 从从：车铃的声音。
13 臧：善，美。

元　黄公望　《富春山居图》局部